それでも、陽は昇る

真山 仁

祥伝社文庫

目次

それでも、陽は昇る

生きてるだけで

二〇一三年三月二九日――。

「先生、お元気で」

そう言って三木《みき》まどかは、小野寺徹平《おのでらてっぺい》に抱きついてきた。

「おっ、お安くないねえ。まどかちゃん、俺の代わりに、神戸《こうべ》まで行くか」

あんちゃんこと中井俊《なかいしゅん》に茶化《ちゃか》されても、まどかは小野寺から離れない。愁嘆場《しゅうたんば》が苦手な小野寺は、救いを求めるように浜登《はまと》を見た。

「それもいいかも知れないねえ」

ラクダを彷彿《ほうふつ》とさせる浜登が、嬉しそうに調子を合わせた。

「いやいや、校長先生、そんな適当なこと言わんといてください」

「私がご一緒したら、迷惑ですか」

「そんなわけないやろ。けど、まどか先生の運転が怖いのは、確かやけどな」

「もう！　失礼ですね」

拳《こぶし》で胸を叩かれた。

小野寺の元気の源《みなもと》でもあったまどかだが、彼女には遠間《とおま》で頑張って欲しかった。そして、いつかもっと相応《ふさわ》しい伴侶《はんりょ》と幸せになって欲しい。

泣き笑い顔のまどかを、今度は小野寺が抱きしめた。

こういう時の、気の利《き》いた一言が浮かんでこなかった。いや、一言では到底あらわせないのだ。

まどかの大きな目に涙が溜《た》まっている。

「ほな、行ってきます」

小野寺が、ワンボックスカーの助手席に乗り込むと、あんちゃんが運転席に着く。

「すぐに、戻ってきてくださいよ！」

まどかの声に敬礼で応《こた》えたら、車が発進した。

窓から身を乗り出し、手を振る。泣き虫まどかの「気をつけて！」の声が響き渡る。

あかんわ、俺まで泣きそうや。

ワンボックスカーは、緩《ゆる》い下り坂を下っていく。

「小野寺ちゃん、何、かっこつけてんだよ。ああいう時は、思いっきり泣くんだよ」

あんちゃんは、不満そうだ。まあ、こいつは、最後の最後で、俺が神戸に戻るのは止《や》めると言い出すのを期待してたやろうからなあ。

「あれ、道を間違えてへんか」

国道に向かうなら直進なのに、あんちゃんは左折した。

「俺が間違うわけないじゃん」

そやけど、この先にあるのは第一小や。

そう気づいた時は遅かった。遠間第一小学校の校門前で、あんちゃんが助手席のパワーウインドウを下ろした。

小野寺が二年間教えた子どもたちがいた。目が合った途端、歓声が上がった。

「徹平ちゃ～ん！　行ってらっしゃい！」

中学生になった松井奈緒美《まついなおみ》が叫ぶと、全員がそれに続いた。

広げられた横断幕には、「いつでも遠間に戻ってきてな！」と真っ赤な文字が書かれていた。

「おまえら、アホか」

そういうのが精一杯だった。遂に、涙が溢《あふ》れた。それを見られたくなくて、両手で大きく小野寺は手を振った。

「小野寺ちゃん、ほら、何か言って！」

「ありがとう、みんな。また、会おな！」

＊

「今さら聞くことでもないんだけどさあ。神戸に戻って、何やるんだ？」

三陸道《さんりくどう》を走っている時に、あんちゃんが聞いてきた。

「まだ決めてない」

「まじで⁉　小学校の先生をやるんじゃないの？」

「そのつもりやってんけどな。とりあえずは教育委員会の震災教育課に勤める」

神戸に戻ろうと決心して、元の職場の校長に連絡したのが、十日前。

「君の居場所なんて、神戸市には、ありません」と、冷たく返された。

ところがその三日後、市教委の震災教育課であれば、復帰可能という連絡が来たのだ。

「いつのまにか、君はまいど先生などと呼ばれて復興の英雄になってしまったようですからね。教育長に感謝したまえ」と嫌みを言われたけれど、教育長とは一面識もない。

「なんか、イメージ違うなあ。やっぱ小野寺ちゃんには現場が似合うよ」

「俺もそう思う。でも、俺の実力は、現場では活《い》かしきれんらしい。ま、体《てい》のいいお払い箱やな。むしろ教育委員会に拾ってもらえるだけで、御《おん》の字やろ」

「なら、遠間に残れば良かったのに。校長が、もう一年どうだ、って言ったんだろ。あの事なかれ野郎にしては、ものすごい英断だよ」

「何でもよう知ってんなあ、あんちゃん！」

神戸市に戻る場所なんてないと突き放された翌日、それでも、ひとまず神戸に戻ろうと、校長に挨拶《あいさつ》に行った。すると、突然、「来年もここにいる気はないかね」と思いがけない提案があった。

冗談か、と思ったが、校長は、冗談を言う人ではない。

よくよく聞けば、来年度の教員が二人足りないらしく、要するに埋《う》め草《くさ》が欲しかっただけだ。とはいえ、現場にいられるのは魅力で、小野寺の決意も揺らいでしまった。

「めっちゃ迷ってんけどな。やっぱり丁重《ていちょう》にお断りしたんや」

「どうして？　もったいない」

「かっこよく言えば、けじめかな」

「かっこ悪く言えば、なんだ？」

あんちゃんは、いつだって容赦ない。

「遠間にいるのが、恥ずかしくなったんや」

「ますます意味不明《イミフ》だな」

「神戸での被災経験を活かして、皆さんの応援に来ましたって、どの口が言うてるねんてことに、俺は、ようやく気づいたんです」

「小野寺ちゃんは、遠間の救世主じゃん。それを否定する者は、誰もいないぜ」

まあ、世間様は、そう勘違いしてくれている。

「それは買い被《かぶ》りやな。俺な、自分が〝阪神〟の体験をちゃんと整理できてへんことに、遠間に来て、初めて気づいたんや。ずっと封印して逃げてるだけやってん。要するに、俺は経験者としてアドバイスできる言葉を持ってへんかったんや」

「それって、学者のような立派な提言レベルの話じゃねえの？　俺たちが辛《つら》くなったり、立ち止まった時に、小野寺ちゃんの言葉は、力強かったぜ。やっぱり経験者は分かってると、頼もしく思ったよ」

「でもな、それだけでは足りへんねん。〝津波てんでんこ〟みたいに、未来の人の役に立つ言葉を身につけたいねん。それを改めて、神戸で拾い直してこようと思ったんやな」

「いちいち、くそ真面目なんだね。でも、そういうところが、小野寺ちゃんらしさなんだろなあ」

暫《しばら》く、二人とも黙り込んだ。

ＦＭラジオからは、中島《なかじま》みゆきの歌が流れている。昔、ラジオでよく聞いた。タイトルは何やったかなあ……。

　それをぼんやり聞いているうちに、言葉が浮かんできた。

「俺な、生きてるって素晴らしい、生きてたら全部オッケーやから、何があっても絶対、生きようなって伝えたいねん」

「深いな」

「まあ、俺もすぐに挫《くじ》けそうになるけどな。けど、生きてるから大丈夫やで、って思うと、苦しいのがちょっとだけ軽くなる。それを何回も何回も繰り返して、浮上していくんやなあって思うてるねん」

　かつて、「生きてるだけで、丸儲けや」と嘯《うそぶ》いていたお笑い芸人がいた。その時は、ふざけたことを、と思った。でも、今は、その通りやと思っている。

　俺も、年を取ったってことやな。

　あんちゃんは、ラジオから流れる音楽に合わせて、気持ちよさそうに歌を口ずさんでいる。彼は常に明るく、前向きだ。しかも、俺より若いのに、はるかに懐《ふところ》が深い……。俺なんかいなくても、あんちゃんがいれば、遠間は大丈夫や。

「あんちゃんは、なんで、そんなに強いんや」

「俺？　全然、強くねえよ。毎晩ひとりで泣いてるさ」

「ウソつけ」

「うん、ウソ。泣きたくなるとな、俺は、泣いてる場合じゃねえだろって、自分を叱《しか》るんだ。前にも言ったと思うけど、ガキの頃、やんちゃしてたのに、人に恵まれて、何とか人並に暮らせるようになった。

　そして、俺は何ひとつ恩返ししてないのに、俺の大事な大恩人たちが、震災でたくさん亡くなった。だったら、その人たちが生きてたら、絶対やるだろうってことを、俺が代わりにやろうって決めたんだ。それがせめてもの恩返しだと思ってる」

　あんちゃんがブレないのは、「先代たちの思いやり」が、彼の根っこを支えているからだ。俺の根っこを支えるものは何やろう。家族……でもない気がする。「家族の中で、一人生き残った俺」だけがやれること。生きてるからできること。それを、俺はまだ分かってないんやな。

　空は晴れ渡り、浮かぶ雲を見ていると、のどかな春の訪れを感じる。ＦＭ放送では、パーソナリティらの笑い声が弾《はじ》けている。

　たわいもない普通の時間。

　けど、海沿いに横たわる風景は見渡す限り普通じゃないものばかりだ。

　車は、東北自動車道に入った。

神戸は、はるか彼方だ。
俺は、この距離を、もっともっと縮めたい。そのために、大好きな場所を後にする。
でも、必ず帰ってくる。
被災者の先輩としてではなく、「俺のてんでんこ」を伝える者として。

伝承の人

1

二〇一四年六月一三日——。

　朝から雨模様でうっとうしい。梅雨《つゆ》の季節だから当たり前なのだが、それにしても蒸し暑い。小野寺徹平《おのでらてっぺい》は、あまりの不快さに辟易《へきえき》としながら、廊下を歩いていた。

　これから高校生相手に、阪神《はんしん》・淡路《あわじ》大震災と東日本大震災についての特別授業を行う。

　一九九五年の小野寺は二〇代の新人教師で、ようやく小学校教諭の仕事に慣れた頃に、阪神・淡路大震災に襲われた。あの日、妻と子を同時に失い、体育館での避難所暮らしを続けながら、生徒たちと共に苦しい日々を過ごした。

　そして、二〇一一年、東日本大震災で被災した小学校に応援教師として出向する。尤《もっと》もそれは、奉仕の精神によるものではなく、教師として行き詰まっており、半《なか》ば自棄《やけ》で東北へと逃避したのだ。だが、そこで小野寺は再生した。

　やがて、次世代にその教訓を伝えることが、自分の使命だと自覚した時、神戸《こうべ》に立ち帰ってリスタートしようと考えた。そこで、二年間の出向を終えた昨年、現場復帰を希望した。だが神戸市教育委員会からは、「今年は現場に空きがなく東日本大震災の被災地教育の経験は震災教育課で発揮して欲しい」と言われ、小野寺の希望は叶《かな》わなかった。

生きた防災を伝えるなら、日々、子どもたちと接しながら行うべきだと、小野寺は考えている。神戸市教委にも、そう強く訴えたが、すげなく却下された。

思い通りに行かぬ神戸生活にもめげず小野寺は積極的に動いた。そして、休日には阪神・淡路大震災を語り継ぐＮＰＯ法人「震災伝承プロジェクト」（通称「伝プロ」）でのボランティア活動にも参加するようになった。

ボランティア嫌いの小野寺が、このＮＰＯに参加したのは、代表の相原《あいはら》さつきをはじめ多くの幹事が、九五年の被災時に担任を務めていたクラスの出身者だったからだ。それに、伝えるべき言葉を持っていなかったと気づいたからには、まずは、伝承するとは何かを身をもって学びたかった。

今日の課外授業もＮＰＯの活動として受けたものだが、特別な緊張感があった。

私立阿古屋《あこや》高校は、男女共学の私立高校としては、日本屈指の名門進学校だった。神戸市東灘《ひがしなだ》区本山《もとやま》に位置しているが、生徒の八割以上は市外の出身者で、寮に入る生徒も少なくなかった。

兵庫県内の公立学校なら、小学校から高校までそれなりに震災教育を行っているが、私立学校ともなると、それぞれカリキュラムが異なる。そのため阿古屋高校も特別な震災教育を行っていない。

　今回の特別授業は、同校の生徒会顧問、近田《ちかだ》駿太朗《しゅんたろう》からのたっての希望で実現したものだ。彼は東北の被災地で生徒たちを引率しての復興支援ボランティアにも熱心だった。

　案内する近田が、教室の扉を開けると、三〇人ぐらいの生徒が雑談を止《や》め、バラバラと起立した。

　なんや、やる気のない立ち方やな！　やり直しや！

　相手が小中学生なら、そう言っただろう。だが、今日は日本屈指の秀才相手の授業だ。

　グッと我慢して、笑顔を作った。

「今朝は、ＮＰＯ法人『震災伝承プロジェクト』の小野寺徹平先生から、阪神・淡路大震災と東日本大震災について、特別授業をして戴《いただ》きます」

　近田に紹介されると、小野寺は、右手の親指を立て《サムアップ》た。

「まいど！　小野寺です！」

　全生徒がそれに応じて「まいど！」と大きな声と力強いポーズで返してきた。

　調子が狂った。

「小野寺先生、ようこそいらしてくださいました。生徒会長の黛《まゆずみ》玲子《れいこ》と申します」

　ショートカットの女子高生が挨拶《あいさつ》した。

「はい、まいど」

「私たち、今日の特別授業を前に、いろいろと予習をしてきました。それで授業のテーマについて、一〇分間の発表の時間をいただきたいと思います」

もちろん小野寺は、大歓迎だ。

窓のカーテンが引かれ、教壇の天井からスクリーンが下りてきた。

二人の生徒が教壇に立ち、「生徒会震災ボランティア部長の中之島太朗《なかのしまたろう》と副部長の堀江和香《ほりえわか》が発表します」と自己紹介した。

照明を消したスクリーンに、パワーポイントで作成されたスライドが照射された。

『神戸から、何を伝えるべきか』

次のスライドで、両震災の対比図が出た。

「阪神・淡路大震災のマグニチュードは7・3、東日本大震災は、9・0でした。阪神・淡路大震災の亡くなった方は、六四三四人、行方不明者三人、東日本の方は、死者一五八八四人、行方不明者二六三六人になっています」

さらに、住宅被害、経済的損失などの数字が読み上げられた。いずれも、数の上では、東日本大震災が上回っていた。

「戦後、多くの方が命を落とした大地震は、阪神・淡路大震災と東日本大震災ですが、地震発生のメカニズムが異なり、それが、被害の差を生みました」

　堀江の説明に合わせてスライドが次々と切り替わる。

「阪神・淡路大震災で一番多い死因は、建物の下敷きが多く、続いて火災でした。これは、直下型の活断層地震だったためだと考えられます。

　一方の東日本大震災では、津波に飲み込まれて亡くなった方が大多数でした」

　それ以外にも、復興ボランティアの数の対比や復興資金の拠出額の差、募金の差などまで調べ上げていた。

　明瞭にして簡潔。数字によって、二つの災害の「差」がくっきりと浮かび上がった。

「今回の講義のテーマは、神戸の体験から、東日本大震災で被災された方々に何を伝えるべきかですが、私たちの見解としては、地震のタイプも被害の規模や被災地の経済力なども異なるため、神戸での経験を押しつけない方がいいのではないだろうか、という結論に達しました」

　ちゃうねん。災害は、数の大小とちゃうねん。

　その違和感を伝える言葉が、小野寺にはすぐに浮かばなかった。

「その結論は、拙速《せっそく》すぎないか。実際、君らがボランティアで行った場所でも、いろんな方から、神戸はどうだったって、尋ねられただろう」

顧問の近田も違和感を覚えたらしく、小野寺の代わりに、問い掛けた。

「はい。あちこちで聞かれました。でも僕らが調べた阪神・淡路大震災の教訓とか、あまり役に立たなかったんです」

将来は、凄腕《すごうで》官僚になりそうな中之島が答えた。

「被災地で僕が気になったのは、神戸が震災を経験し復興した街だから、きっと東日本大震災の被災地が立ち直るための処方箋《しょほうせん》を持っていると期待され過ぎている点です。確かに、阪神・淡路大震災を経験した人たちには、ボランティアのあり方とか、行政との折衝《せっしょう》方法とかの知見《ちけん》はあるでしょう。でも、震災経験者だからと偉そうなアドバイスをするような大人の発言は、ちょっと」

「ちょっと、何だ?」

「精神論ばかりで、結局は、被災者としての先輩である自分が、助けに来てやっているという自己満にしか思えませんでした」

容赦ないなあ。けど、そんな人が少なからずいたのは、事実だった。

「私は、必ずしも中之島君と同意見ではありません」と、堀江が異を唱えた。

「単純なデータ比較では見えてこない共通点というのが、あると思います。それが何なのかの具体的な答えが、私には出せませんでした。ぜひ、小野寺先生から伺いたいと思います」

　上手に話を振ってきよるなぁ。

　遮光カーテンが開き、室内が明るくなった。

「見事な発表と分析、恐れ入りました。ところで、堀江さん、イメージでもいいんで、どんな共通点があると思う？」

「私は、東北と阪神両方の被災者の手記をたくさん読みましたが、共通点として、大切な人を失ったり、救えなかったことについて、生き残った方が苦しまれていることが挙げられます。その方たちに何かしてあげられることはないかと考えています。そこに、神戸の経験を活かすヒントがあるんじゃないかなと」

「それは、素晴らしい考察やと思います。先生は、神戸で被災して大切な人を失いました。自分だけ生き残って、ずっと辛《つら》かった。失った人のためにも、自分は前を向いて生きないとあかんと分かっていても、大事なもんを全部失ってるのに、それでも生きる意味が分からへんのです。心からそう思えるのに、随分《ずいぶん》時間がかかりました」

　こんな個人的なことを、見ず知らずの人相手に話せるようになったのは、遠間《とおま》のお陰だった。

　生徒たちのリアクションを見て、彼らに少しは言いたいことが届いたように思った。

「他の人はどうですか。思ったこと、感じたこと、何でも話してください」

数人が手を挙げたので、一人ずつ聞いてみた。

「僕は、消防隊の救命について、調べました。神戸の震災で、救難活動を断念するのかどうか判断するのに、苦慮されたという話がありました。これは、他の被災地でも活かすべき記録だと思いました」

さらに「避難所での過ごし方」や「仮設住宅に、どのように被災者を振り分けるか」などの意見も出た。

「中之島君の意見はショックやったけど、同時に、とても大切な視点やと思いました。〝阪神〟の経験者は、他の被災地を見る時に自身の体験を重ねてしまいがちです。だから押しつけがましいことを言うケースも少なくありませんでした。だから、被災に同じはない、という考えは貴重やな」

褒《ほ》められても、中之島のクールな態度はまったく変わらなかった。

「とはいえ、とんでもない災害を体験した人々は、自分らの経験を活かしたいという思いが、とても強い。一方で、なかなか役に立つ教訓なんて言えへん。で、どないしたらええんかな、と先生も東北では随分と悩みました」

そこで、小野寺は、黒板に大きく、〝とにかく、現場に行く〟と書いた。

「教訓は、語れなくても、経験したからこそ、答えられることがたくさんあるんです」

遠間で暮らし始めた頃は、その手の話題が苦手だった。

九五年の被災直後は、とにかく今日を生きるのに必死で、ただただ埃《ほこり》まみれで過ごしていた。いちいちくよくよしたり考え込むより、一歩でも前に進むことが大切だった。

人生観が一変するほどの、とんでもない体験をしたのだから、話すことなんていくらでもあると思っていた。ところが、呆《あき》れるほどに、当時の記憶が曖昧《あいまい》になっている。

だが、誰かに「そんな経験、神戸でなかったのか」と尋ねられると、「そういえば」と思い出せるのだ。

「でも、私たちのように、震災を経験していない世代はどうすればいいんでしょうか」

そこが、難しい問題であり、小野寺が語《かた》り部《べ》活動である「伝プロ」に参加した理由でもある。

「例えば、君らは東日本大震災の被災地で行っているボランティア活動の中で、被災者から尋ねられた疑問をまとめる作業なら、できるんとちゃうか。で、それを分かる人に尋ねて、回答するとか。あるいは、人防《ひとぼう》に行って、知りたいってことを探すのもええと思うけどな」

神戸市の「人と防災未来センター」を、関係者は、「ヒトボウ」と呼ぶ。

ここには震災発災時のショッキングな再現映像や、震災の被害に遭《あ》った生活用品、さらに被災者の生《なま》の証言など、あらゆる資料が保存されている。

「あそこは、ショボいって聞いてます」

「何がショボいんや？」

「行ったことないんで、分かりません」

マジか。

「ヒトボウに行ったことのある人は？」

生徒会長の黛一人だけが手を挙げた。

「なんで、行かへんの？」

目が合った女生徒に尋ねた。

「平日は無理だし、休みの日にわざわざ行くのも……。それにいつでも行けると思うと、かえって行かなくなっちゃって」

既に阪神・淡路大震災は、若い世代には歴史的事件の一コマに過ぎないと言う識者がいた。社会科見学などで縁《ゆかり》の地に行くことはあっても、自分たちが積極的に訪れようとしなくなりつつあるとも言っていたな。

「学校の社会科見学では行かへんのか」

小野寺が尋ねると、「行ってない」と返ってきた。

「ひょっとして広島《ひろしま》の平和記念資料館には、みんな行ったことある？」

全員が頷いた。

「毎年一年生が秋の学習旅行で必ず行きます」と近田。

「つまり、神戸のヒトボウより、広島の原爆ドームの方が知ってるんやな……」

これは、大変なことや。

「じゃあ、みんなで一緒に行ってみよう。実際に見ても、ショボいと感じたら、センターに要望を出してみるっちゅうのはどうやろか」

地元の大災害の歴史を知ろうともせず、彼らは神戸の生徒だからという理由で一生懸命東北を応援している。

それって、本末転倒やんか。

小野寺の提案に、何人かが行きたいと言った。

「近田先生、有志募《つの》って行きましょう！　ところで君らの学校って、被災した時どういう役割を果たしたか知っているか」

全員が首を横に振る。若い近田も「よくは知りません」と答えた。

「被災で亡くなった方を全て収容するのが難しくて、国道二号線などの道路の上に、一時的に安置してたんです。この辺《あた》りまで、それは続いていました。そこで、阿古屋高校の理事長が、学校の体育館を開放して、遺体安置所として提供してくれたんです」

突然、あの時の記憶が、鮮明に甦《よみがえ》ってきた。

いろんなものが焼ける臭い、そこに死の臭いが混じっていた。

国道二号線に並ぶご遺体の搬送作業を手伝ったのは覚えているが、その前後の記憶がまだらで、よく覚えていない。だが、確かに俺は、ここの体育館にご遺体を運ぶ作業を手伝った。

路上に横たわるご遺体から離れようとしない家族がいた。その人に声をかけ、一緒に運んだ。とにかくあんな寒くて危険な場所に、置いておくわけにはいかない、という一念だけで、皆が力を合わせてご遺体を運んだ。思い出すと泣けてくるのだが、あの時の俺は多分、泣いてない――いや、泣くとか恐いとか、一切の感情が停止していた。思考も麻痺《まひ》していた。ひたすら手足を動かして作業していた。

これは一体何なんや。何でこんなことになってるねん。とんでもない事態が目の前に拡がっているのに、理解が追いつかなかった。

「小野寺先生、大丈夫ですか」

　近田に声をかけられて、小野寺は我に返った。

「ああ、ゴメン。実は、ご遺体をここの体育館に運ぶお手伝いをしました。それを、不意に思い出してしまったんです」

　教室の中が静まり返ってしまった。

「今、神戸で、震災の痕跡《こんせき》を見つけるのは確かに難しい。けど、神戸は被災したんです。そして、大勢の方が亡くなった。僕らはその地に生きているんです」

　復興したから、もう過去は振り返らないというのは間違いだ。

　ポスト震災世代の若者たちが、過去を見つめ直せば、その知識は未来の礎《いしずえ》になる。

　その後押しをする――。

　それが、俺やさつき、そして「伝プロ」の使命なんやな。

2

　その夜、小野寺は、元同僚の森末荒太《もりすえあらた》とＪＲの高架下にある古い居酒屋で会っていた。

「震災から二〇年近く経過した今になって、一体〝阪神〟の何を伝える気や？　今さら、何もないやろ」

森末は、震災の翌年には教師を辞めて、神戸の復興と未来創造を目的にした団体の発足に参加している。後に「神戸モデル」などと呼ばれるようになる震災ボランティア活動の基盤を作った団体である。

当初はメディアにも注目され活動も活発だったが、五年目を越えたあたりで財政難となり、幹部同士でも、意見の食い違いが生じる。結局、団体は分裂し、森末はいずれの組織からも距離を置いた。以来、妻と二人で学習塾を経営する傍《かたわ》ら、細々と震災を語り継ぐ活動を続けていた。

「おまえの言う通り、今さら、わざわざやるもんやないかも知れん。でも、俺は東北で何度も、アドバイスを求められたのに、ほとんどまともに答えられへんかってん」

「徹平、おまえは相変わらず行き当たりばったりやな。神戸は、都市としては充分に復興している。震災を知らん市民もたくさんいる。おまえが答えられへんかったもんは、誰にも答えられへんと思うで」

森末の口調はさらに険《けわ》しくなる。そして、酒を愛する呑助《のみすけ》らしからぬ乱暴な飲み方をしている。

「生活の一切合切を失うほどの酷《ひど》い災害に遭《あ》って途方に暮れている人は、何も神戸や東北だけとは限らない。今だって、毎年どこかの地域は災害で困っている。災害の記憶を昔話にしないために、今、あらためてやるべきやと思うねん」

　たとえ死者が一人でも、潰れた家が一戸でも、当事者のショックの大きさと災害規模の大小とはまったく関係ない。千差万別のケースをうまく整理して〝使える智恵《ちえ》〟として伝えたい。

　ようやく、旧友がこちらに顔を向けた。眉間《みけん》に皺《しわ》が寄り、口元に怒りのようなものすら浮かんでいる。

「調子乗りすぎやな。東日本大震災の被災地でヒーローになったもんやから、地元神戸でも『まいど先生』になりたいわけやな」

　胸に厳しい言葉がぐさぐさ突き刺さった。

「違う。俺、当時のことを細かく覚えてへんかったんや。あの時は、目の前で起きてることに向き合うので精一杯で、実は周りが全然見えてへんかってん」

　妻と娘の変わり果てた姿は、髪の毛一筋の形まで覚えてるけど、あとは、いつも歩いていたことくらいしか記憶にない。

「何でも背負《せお》い込む悪い性格は、相変わらずやな。おまえの気づきは立派やけどな、たとえ言葉があったとしても、何の役にも立たへんぞ」

「でも、荒太はずっと震災の教訓を語り続けてきたやろ。せやから、そういう言葉を学びたいんや」

「俺は、もう震災の語り部はしてない」

「マジで？　けど、去年の神戸新聞に、記事出てたやんか」

新聞社のウェブサイトで、森末の名を打ち込み、彼が今も語り部活動を続けているという情報を見つけたのだが……。

「人に聞かれたら否定はせんけどな、自分としては語り部は引退したと思ってる」

「なんでや」

「やればやるほど、虚《むな》しくなるんや。毎年一月一七日の一ヶ月前ぐらいからメディアが震災を取り上げ始め、一七日にピークを迎えて、それで終わり。あとは、震災のことなんて忘れてる。要するに、そんな昔ばなしは誰も必要としてないねん。はっきり言って無駄や。なのに、俺一人が、ギャアギャア騒いでる。

東日本大震災が起きた時は、おまえみたいに、ボランティアしに飛んでいった人も大勢いた。けど、俺らが何か教えたり、伝えたりできることなんてなかったよ。むしろ俺は、軽はずみに先輩面《づら》して〝阪神〟を語るなよ、と腹立ったわ」

「まあ、おまえの意見にも一理あるよな。でも俺は、皆にいらんて言われても、古い話やと言われても、ずっと伝えたいねん。未来の誰かの役に立つかもしれんやんか」

嫌みなほど大袈裟《おおげさ》にため息をつかれた。

「ほな、物わかりの悪い徹平のために、はっきり言うたるわ。伝承とかほざくやつらの目的は、自己満足や。図々《ずうずう》しく被災地行って、偉そうに被災者を叱《しか》り飛ばす。それが、気持ちいいだけや。けどな、翻《ひるがえ》って自分の足下《あしもと》見てみいや。ほんまに神戸は復興できたんかって、俺は言いたい」

「そんな大きな話とちゃうやろ。自分らの気づきを伝えたいと思っている人もいるで」

「おまえ、一つ、〝阪神〟で見落としてることがある」

「なんや」

「あまりに復興が早かったために、もっとじっくりと考えるべきやったことの多くは棚上げされ、やがて封印された。そして、とりあえず都市としての機能を取り戻した段階で、復興完了となった」

とりつく島もないな。

「ほな、そういう記録を集めてまとめたらええやろ」

「どうぞ、頑張って。なあ、おまえ、さっき阿古屋高校の生徒が、平和記念資料館は行っても、ヒトボウには行ってへんと嘆《なげ》いてたけど、神戸の被災を語り継ぐのと、原爆の語り部とでは、意味は違うことに気づいてるか」

久しぶりの再会を祝して乾杯をした後、確かにそういう話もした。

「あれは、戦争の悲惨さを訴えて、二度と愚かな戦争を繰り返すなという戒《いまし》めがある。広島と長崎《ながさき》は、原爆の犠牲者やけど、日本は加害者でもある。だから、戦争の悲劇を伝え続ける意味がある。

俺も最初は、原爆の語り部のような活動をすればいいと、考えてたんや。けどな、まったく違うねん。同じように考えたらあかん。原爆ドームも伝承者も、そこに愚かな戦争を繰り返すな、という強いメッセージがあるから意味がある。一方の災害には、俺らは生き残り立ち直ったという以外のメッセージがあると思うか」

ある！　と思う。いや、思いたい。

だが、反論できなかった。

「神戸から発信したいんやったら、震災は人災やったたって、訴えてみるのはどうや？」

「どういう意味や？」

「長田《ながた》は、路地が細く、消火栓の不備もあって、火事が消せへんかったたって言われてるよな。あるいは、自衛隊の出動要請も遅かったとか。そういう問題を洗いざらい暴いて、糾《きゅう》弾《だん》した上で、同じ過《あやま》ちを繰り返すなと言うたらええやろ」

「いや、荒太、そういうこととちゃうねん。阿古屋高校の生徒らと話しているうちに、尋ねられたら、答えられることはたくさんあると気づいたんや」

「まあ、そう思うんやったら、やってみろ。いずれにしても、偉そうに伝承者なんて肩書きを掲げたりせんことやな」

荒太がこんなに否定的なのは、九五年の発災直後からずっと被災者を支え続け、何かを伝えようとしたのに、それが報《むく》われなかったからなのだろうか。

眉間に皺を寄せながら、酒を飲む友人に、小野寺はそれ以上の言葉をかけられなかった。

3

「伝承は、風化防止じゃないと思うんですよ」

行きつけの居酒屋「たまりば」で呑《の》んでいる時に、さつきが突然言った。「たまりば」は、小野寺の教え子が阪神電鉄深江《ふかえ》駅前で開いている店だ。

「なんや、唐突に」

既に店は暖簾《のれん》を下ろし、客は小野寺とさつきだけだ。

カウンターの向こうで後片付けをしていた畑野康司《はたのこうじ》が、手を止めて、こちらを見ている。

「今日、県の震災二〇周年プロジェクト長に、震災の語り部創設の目的は、風化防止だって言われたんです」

「伝プロ」は、兵庫県と神戸市から「震災の語り部育成事業」の委託を受けた。

阪神・淡路大震災から二〇年という節目の年を来年迎えるに当たって、改めて地元として震災被害と復興の軌跡を後世に語り継ごうという気運が高まったのを受けた事業だった。

「目的が風化防止じゃないのは同感や。で、おまえは何のためやと思うねん?」

「人間は何度失敗しても学習しない愚《おろ》かな生きものだからこそ、過去の経験を分かりやすく具体的に伝えなければならない。尤《もっと》も、そういうものに縋《すが》りたくなるのは、本当に被災した時だけなので、伝承者は報われませんけどね」

「おまえは、ほんま毒舌やな」

「先生、ちゃうで。さつきは、飾《かざ》らないだけや」

昔からさつきファンだという康司の援護射撃が始まった。

「こうちゃん、ありがとう。先生、語り部は、行政が掲げる『我がまちは、ずっと震災を忘れていません』というきれいごとの共犯者になっちゃ、いけないと思うんです。大災害は、生き残った人にも容赦しない。日常を取り戻すまで苦労の連続です。被災者の全てが復興への道のりを無事に完走できるように――。そのための智恵の伝授でしょうね」

　小野寺は、そこで荒太との一件を話した。

「森末さんのおっしゃることは、よく分かります。伝承者なんて偉そうに名乗るなっていうのも、賛成です。でもね、看板上げる意味もあるんですよ。今、阪神・淡路大震災の被災自治体のトップには、もはや被災地ではないと発言する人もいます。もう復興とかじゃなくて、地域の活性化を目指しているんです」

　つまり、ネガティブなイメージを払拭《ふっしょく》したいということか。

「実際、神戸は被災地か、って言われたら、今はもうNOでしょう。でも、震災があったことは事実だし、その検証は中途半端で、今なお、心の傷を負ったままの人もいます。私たちは日常生活を取り戻したけど、震災を体験したことを忘れてはならないと伝えるためにも、震災の伝承者という看板を上げて行政にプレッシャーはかけておきたいんです。彼らは、きっと偽善的な理由で、私たちの活動にお墨付きをくれたんだと思いますが、私はそれを逆手《さかて》に取りたい」

　さつきには深謀遠慮《しんぼうえんりょ》があったわけか……。

「それにね、私も、伝えなければならない智恵はもっとあるはず、と思っています。それは、行政のまずさの指摘かも知れないし、困った時のライフハックの作成かも知れない」

康司が立ち上がり、四合瓶《びん》の冷酒を抜栓《ばっせん》して、三つのグラスに注いだ。

「えっと、俺からも一つ提案があります。今や、神戸の震災を知らん世代も増えてきた。この近くで阪神高速道路が倒れたことすら知らん子もいるんです」

「ウソやろ」

「いや、マジですよ。関心はあっても、誰に何を聞いていいか分からんから、いつまで経っても知らない——そんな感じだそうです。語り部って、自分たちが伝えたいことを残そうと考えがちやけど、若い子たちが何を知りたいのかも、考えてあげて欲しいんです。

そういうのが続けば、次の世代からも語り部が育ってくると思うんです。経験者が『おまえ、そんなことも知らんの』と言うのをよく聞くけど、あれは最悪や」

「康司、おまえ、賢《かしこ》なったな」

「私もこうちゃんと同感。知らない人の感覚を、私たちは分かってない。だとすると、こっちがいくら気合い入れて話をしても、届かない」

さつきがノートパソコンを開いて、何やらテキストを打ち込み始めた。

復興五輪？

1

二〇一六年七月二四日・仙台市《せんだい》――。

小野寺《おのでら》は、震災を語り継ぐシンポジウムにパネリストの一人として参加していた。

「さて、東京オリンピックまで、四年を切りました。小野寺さん、今回のオリンピックは、『復興五輪』だと、首相が招致プレゼンテーションでアピールされていましたが、どう思われますか」

台本通りの質問だった。

「東京でやるオリンピックがなんで復興になるんですかね？　正直なことを言うと、僕にはピンときません。被災地で開催するんやったら、分かりますけど」

「世界中から熱い支援を戴《いただ》いた被災地が、着々と復興して、日本が元気になった様子を発信したい、という思いじゃないんですかねえ」

テレビのワイドショーなどでよく見かける評論家が訳知り顔で言った。

「先生、お言葉ですけど、被災地は、胸張って復興をなし遂《と》げたって言える状況やないですよ。むしろ、まだ道半《なか》ばですよ」

評論家が失笑した。

「あなた、ちゃんと被災地に行ってますか。私は、昨日、何ヶ所か見て回りましたが、防《ぼう》潮堤《ちょうてい》は続々と完成しているし、嵩上《かさあ》げも進んでいる。大型ショッピング・モールの誘致にも成功して、人の賑《にぎ》わいが戻ってきた。日進月歩《にっしんげっぽ》で復興していますよ」

このおっさん、俺が一番嫌いなタイプやな。しかも、目は節穴《ふしあな》や。

「けど、今もまだ仕事がない人、仮設住宅で暮らしている人――日常を取り戻せていない人が、いっぱいいます。防潮堤にしても、嵩上げにしても、国が進めている工事は凄《すご》いですけど、地元は置き去りにされている印象があるんですよ。だから先生、教えてください。東京が掲げる復興って何なんですかねえ」

「それは、君、被災地が活気を取り戻すことじゃないのかね」

「でも、あんな壁のような堤防や高台に圧迫された町に、活気なんて戻ってくるんでしょうか」

評論家の顔が歪《ゆが》み、黙り込んでしまった。

「被災地出身のアスリートである京田《きょうだ》さんは、復興五輪という言葉を、どう思われますか」

空気を読んだ司会者が話題を変えた。

「僕は、世界中の人に感謝したい気持ちが強いので、復興五輪という言葉は嬉《うれ》しいです。とはいえ、まだまだ復興にはほど遠いのも、事実です。これからの四年間で、世界中の人にお見せできるまちにしたいですよね」

ソチ冬季五輪のスピードスケート競技で銀メダリストに輝いた京田の発言は満点だった。

彼のように言えば、角《かど》は立たない。

しかし、五輪とセットで語られる復興に、小野寺は憤《いきどお》りばかりを感じる。

何が日本のための復興や。

そもそも復興って何や。

それは、小野寺が、被災地の遠間《とおま》市立遠間第一小学校に応援教師として赴任した時から、ずっと抱《いだ》き続けてきた疑問でもある。

2

五日前――。小野寺は、シンポジウムに参加する前に、遠間市を訪れていた。

運転席からは周囲の風景が見えなくなっていた。道路の両脇は、一〇メートルはありそうな高台が聳《そび》えている。被災地の沿岸部で続く嵩上げ工事が、こんな壁を作り上げてしまった。以前なら、神戸の海の色とは違う、毅然《きぜん》とした青色の海を横目にドライブできたのに。

東日本大震災によって被災地沿岸部は、地盤沈下した。その修復と、津波対策もあって、政府は、沿岸部一帯の被災地について嵩上げを決定した。総事業費五三六五億円の公共事業――、それが完了しない限り沿岸に、役所や商業施設はおろか、企業さえも、原則として誘致できない。

道路の両脇の土地を嵩上げすると、巨大な小山ができあがる。のっぺりとした茶色の山がいくつも聳え、道路は深い谷底を這《は》っている。現実の世界とは思えぬ不気味な風景だ。

空港で借りたレンタカーのハンドルを握《にぎ》りながら、小野寺は、自分が今どこにいるのかが、さっぱり分からなくなっていた。

知らない場所ではない。二年も暮らしたまちなのに……。

神戸に戻ってからも、毎年三月一一日の慰霊の日は、遠間で過ごしていた。だが、今年はそれが叶《かな》わなかったため、一年四ヶ月も間が空《あ》いてしまった。その間で、まさかこんなに風景が変わるとは……。

あんちゃんとの約束までは、たっぷり時間がある。それまでに思い出の場所でも巡ろうかと思ったのだが、異様な風景に圧倒されて方向感覚を失ってしまった。

ようやく「遠間第一小学校」の標識が見えた。

小学校へと続く緩《ゆる》い登り坂を上ると、見慣れた場所に来た。

正門が見えたところで、小野寺は車を停めた。

車から降りると、かすかに磯の香りがする。

夏の日射《ひざ》しを受けて、海が輝いている。土木工事が舞い上げる砂埃《すなぼこり》の中で、高い防潮堤がまちを囲むように延びて、海と陸地を遮断している。ただし、校門から延びるこの坂道だけは、まっすぐ海に続いていた。海岸には、人の背丈《せたけ》ほどに成長した松が並んでいた。

少しは伸びてるんかな。

かつては松原《まつばら》海岸と呼ばれ、地元の海水浴場として賑わった約一千本の松林が、津波でなぎ倒された。一度は防潮堤の建設が計画されたものの、松林を復興しようという運動が、地元住民の間から起き、遠間第一小の児童たちも、運動に参加した。

その後、県との話し合いで、松原海岸周辺の防潮堤建設は中断した。その代わり、海岸沿いに別の物が建った。

ショッピング・モール、「ガイヤ」だ。

震災復興の目玉として、遠間市が積極的にアプローチして、誘致に成功したと聞いている。いち早く嵩上げを完了し、防潮堤の特別条項を採用して、行政は強引に計画を進めた。

この巨大ショッピング・モールの登場で、地元の商店街などに大きな影響を与えるのではという懸念もあった。だが、反対運動を起こす暇《いとま》を与えず、完成したらしい。

ここから見ると、まるで巨大な倉庫だった。

背後で子どもたちの声がした。

下校時刻のようだ。

追いかけっこをする男子、楽しそうにおしゃべりをしながら歩く女子。この風景だけは、びっくりするぐらい時代も場所も関係なく、おんなじや。

子どもたちは、小野寺と目が合うと「こんにちは！」と挨拶してくれる。それに対して、「おお、まいど！」と言ってサムアップする。女子は友達と顔を見合わせてクスクス笑いながら通り過ぎ、男子は一瞬目をむいた後、顔を伏せて通り過ぎた。

「あら、珍しい」

子どもたちと並んで歩いていた中年女性が、小野寺に気づいて声をかけてきた。

「あっ、伊藤《いとう》先生！　ご無沙汰《ぶさた》してます」

「相変わらず、お元気そうで何より。こちらには、いつ？」

「たった今、到着したんです。仙台で用事があるので、ちょっと足を延ばしました」

「せっかくだから、お茶でもいかが？」

「ぜひ!!」

「じゃあ、職員室にどうぞ。あ、車は駐車場に置いてね」

つまり、こんな場所に車を停めるな、という意味やな。相変わらず、伊藤先生は、歩く規則なんやな。

小野寺が遠間を離れて三年になる。知っている児童はもう誰もいないし、顔見知りの教員も、ほぼいなくなった。

今でも時々、連絡を取り合っている三木《みき》まどかによると、小野寺を知っているのは、今は教頭になった伊藤真希子《まきこ》と、養護教諭の渡良瀬泰子《わたらせやすこ》の二人だけらしい。まどかも、転勤してしまった。

車を駐車場に停めてから、小野寺は、もう一度正門に戻った。

門の前に立つ二宮金次郎《にのみやきんじろう》像を見ておきたかった。津波で流されたのだが、あんちゃんが発見し、連れ戻した。損傷があったため修復されてからは、他の金次郎像と見た目が変わった。

遠間第一小の金次郎像は、右膝を曲げて足を上げ、左手は斜め四五度上方に真《ま》っ直《す》ぐ伸びている。そして、薪籠《まきかご》の代わりにランドセルを背負っている。

像は、きれいに磨《みが》かれ、太陽の光を反射していた。

「よお、久しぶりやな。金ちゃん。ちゃんと『津波てんでんこ』を伝えてくれよ」

「津波てんでんこ」とは、津波が起きた時は、迫る波から避難するために、各自で高台に逃げよという三陸地方の教えだ。

あまりに古い言い伝えだったので、東日本大震災の時には、多くの人に忘れられていた。だから、一旦は高台に避難したにもかかわらず、家族を捜すために海岸近くの自宅に戻り、命を落とした人が大勢いたのだ。

そこで、震災後、改めてこの教訓を拡《ひろ》めようという運動が、各地で起きた。

第一小の校門前に立つ金次郎像も、その一つだった。像の背後には、二〇一二年三月に卒業した六年生たちが描いた壁画が建っている。

老若男女《ろうにやくなんによ》が高台に必死で逃げている絵で、そこでも「津波てんでんこ」を訴えている。

その絵の片隅《かたすみ》で、「まいど！　こわがりは最強！」とサムアップしている男を一瞥《いちべつ》して小野寺は、校舎に向かった。

玄関脇の掲示板には〝成功させよう復興五輪〟というポスターが貼られている。その隣に壁新聞が並んでいた。

紙名は「わがんね新聞」。

『〝ガイヤ〟が遠間にやってきた！』の大見出しが目に入った。巨大ショッピング・モールの探訪記《たんぼうき》だった。

地元の商店街の今後についても、少しだけ触れているが、主眼は、お店ガイドのようだった。

「わがんね新聞」は、小野寺が始めた壁新聞で、震災のショックの中にいた子どもたちに、「やってられない！」という怒りを吐き出させるのが目的だった。

二〇一六年版の同紙は、怒りをぶちまける場ではなく、地元や学校の出来事を伝える、よくある子ども新聞になっていた。

これも、復興の証《あかし》なんやろうか……。

なんとなく腑《ふ》に落ちない気分で職員室に向かうと、入口で伊藤と養護教諭の渡良瀬が待っていた。

「わあ、ほんとに、小野寺先生だ！」

「まいどです。相変わらずべっぴんやな、先生」

渡良瀬は笑いながら「セクハラですね」と言って、小野寺を保健室に誘った。

既に、紅茶の用意がされていて、部屋に入ると、良い香りがした。

「浜登《はまと》先生のようなお抹茶《まっちゃ》ではなくて、恐縮ですが」

浜登が遠間第一小の校長だった時は、校長室に人を招くと必ず抹茶を点《た》てて一服戴いてから話が始まったものだ。

渡良瀬が淹《い》れた紅茶も美味《おい》しかった。お手製のクッキーを戴き、しばらく互いの近況などを話しているうちに、シンポジウムの話題になった。

「僕、二四日のシンポジウムで、『復興五輪』について、意見を言わんといかんのですが、先生方は、復興五輪って、どう思います?」

「いかにも、政府が唱《とな》えそうなキャッチフレーズよね。私は不愉快です」

何ごともまっすぐな伊藤らしい。

「世界中の人が日本の復興を気にしてくれているということやから、それは素直に喜ぶべきと言う人もいますよね」

「気にする人なんて、本当にいるの? 選手は皆、ベストのコンディションで臨《のぞ》める場所で、競技をしたいだけじゃないかしら。それに、観客は、世界最高峰のスポーツを見たくて日本に来るんでしょ。そんな目的の人たちが、被災地に対して、何かを想うなんて、信じられないわ」

まったく同感だ。何が何でも東京に五輪を誘致したい連中が、世界の同情を利用して関心を引くために「復興五輪」と銘《めい》打《う》ったとしか思えない。

「政治の道具に、被災地を使うなんて最低よ。総理が目の前にいたらビンタしたいくらい」

「伊藤先生、昔より過激になりましたね。渡良瀬先生は、どうですか」

渡良瀬は、紅茶のお代わりを皆に注いでから答えた。

「私は別に気にしてないかな。震災から年月を経《へ》て、被災地の状況に関心を持つ人が減ってきたでしょ。そういう意味では、また注目されるのはいいことかもって思ってる。伊藤先生に叱《しか》られるかも知れないけど、ここは大人の理屈ではなく、子どもたちの気持ちに立ってみるのも大事だと思うの。僕らのまちを応援するためにオリンピックが開かれたっていうのは、誇らしい思い出になると思うのよ」

伊藤には異論がありそうだったが、飲み込んだようだ。

「僕は、そんなウソは嫌やなあ」

「あら、ウソだとは断定できないでしょ。そういうアピールで、招致を獲得したんだから。だったら、あなたたちを応援するために、東京での五輪が決まったんだよと、子どもたちに言うのは、ウソじゃない」

児童の複雑な心に寄り添い、ポジティブ・シンキングに導こうとする渡良瀬の言葉には、説得力があった。

渡良瀬が、校長に呼ばれて出て行くと、伊藤が「玄関の壁新聞、見た？」と聞いてきた。

「今も『わがんね新聞』が続けてくれてるのは、やっぱり嬉しいもんです」

「あんな内容なのに？」

伊藤先生は、俺と同じこと思ってるんやな。

「『ガイヤ』のオープンは、確かに朗報ではある。でも、地元の小売店が被《こうむ》る打撃は半端じゃないわ。最初、子どもたちは、そういう問題提起をしようとしたの。ところが、そんなネガティブな記事に意味があるのかと、校長以下、多くの先生から反対されて、あんな礼賛《らいさん》記事が出来上がった。よく言えば素直でいい子たち――、なんだけど、私はどうにも引っかかってね」

「言い換えれば、平和ってことやないですか？」

「平和ねえ……。でも、子どもたちの自由の芽を摘《つ》み取った気がするのよ。事なかれという大人の事情が子どもを縛るのは、いいことじゃないと思う」

3

小野寺が帰ろうと腰を上げた時に、伊藤が「きぼう商店街に今から行ってみない？」と誘ってきた。かつての市民運動場に誕生した復興商店街だ。

小野寺自身、これから向かうつもりだったので、喜んで応じた。

被災地で踏ん張って人が生きていくために必要不可欠な店を、一刻も早く再開しようと誕生したのが、復興商店街だ。

小野寺が赴任していた三年前までは、飲食店が一三店舗、小売店が一五店舗、プレハブの建物の中で営業していた。小野寺も、滞在中は何かとお世話になった場所だった。

伊藤を助手席に乗せ、小野寺は海とは反対側に向かった。

「教育委員会を辞めたって聞いたけれど、生活はどうしてるの？」

「震災当時の教え子たちと一緒に、『震災伝承プロジェクト』というＮＰＯ法人をやってるんですけど、その事務局長に就《つ》いてます。まあ、大した給料やないですけど、独《ひと》り身ですから、何とか食えます」

「中井《なかい》君の話だと、以前、遠間にも来ていたボランティア団体の代表と一緒に暮らしているそうじゃないの」

あんちゃんの奴！

「そうなんですけど、先生が考えてはるような関係やないんです」

「どういうこと？」

「相原《あいはら》という教え子が、賃貸マンションを一棟持ってるんですよ。その一室を借りてるんです」

小高い丘の上に、目指す商店街が見えてきた。

「あなたも、生きるのは、下手《へた》ね」

「あなたも」とは、どういう意味なんやとは思ったが、その手の話を伊藤とするのも何となくはばかられて、小野寺は黙って車を駐車場に入れた。

商店街は人通りがまばらで、営業していない店が多かった。

「今日は、定休日ですか」

「『ガイヤ』に移転したお店がいくつか、市内の別の場所で営業を再開した店が二店、そして、止《や》むなく廃業したお店が数軒。その結果、今は五軒の店しか残っていない」

なるほど……。

伊藤は、商店街の一番外れまで進んだ。おもちゃが入った籠《かご》が店の外にまで溢《あふ》れ出ている、駄菓子とおもちゃの店、「とおまのジジババ」だった。

伊藤が店の奥を覗き込んで声をかけると、灯《あか》りも点《つ》いていない薄暗い店の奥から、人影が動いて、女店主が顔を出した。

「あっ、伊藤先生。いらっしゃい」

「小母《おば》さん、覚えてます？　以前、第一小学校に神戸から応援に来てくれていた小野寺先生」

「はいはい。お笑い芸人みたいな人やね」

「ご無沙汰しています。小野寺です。小母ちゃん、お元気でしたか」

「はいはい」

女店主は嬉しげに眼《め》を細めている。

年取ったなあ。

第一小で行事があると、ここで景品を調達した。小野寺も、子どもたちと何度も訪れたことがあった。その時に、既に八〇歳を越えていたが、とてもそうは見えない元気で愛嬌のある小母ちゃんやったのに。

「小父《おじ》さんの具合は、どう？」

「はい、まあ、もう良くはならないわねえ」

「先月、店先で倒れてね。救急車で運ばれたの。脳梗塞《のうこうそく》だった。一命は取り留めたんだけどね……」

伊藤が、小野寺に説明した。

それにしても、静かやな。俺が知っている「ジジババ」の店は、いつも大勢の子どもで賑わってたのに。静かすぎて店まで老人になったみたいや。

「ガイヤ」が出来て、子どもたちが姿を消し、そして、連れ合いが倒れたのか……。

「『ガイヤ』で外資系のおもちゃ店がオープンし、その上、立派なゲームセンターが出来ちゃったからねえ。子どもたちには、罪はないけどね」

小野寺は、店の壁に貼られた写真に顔を近づけた。

子どもたちと店主夫妻の集合写真だった。

「『とおまのジジババ』が出来て、今年で五二年。開店以来、ことあるごとに子どもたちと記念写真を撮り続けてきたそうよ。それで小父さんが倒れた次の日から、小母さんが撮り溜めた写真を表に貼り出すようになったの」

「つまり、五〇年ほど前からの遠間の子どもたちの記録なんですね」

「倒れた小父さんは、元は駐在さんだったそうです。でも、警察の仕事が馴染《なじ》まず、奥さんと二人、一念発起《いちねんほっき》して店を始めたんだって。子どもたちが、十円のお小遣いでも楽しめるようにって、いろんなものをたくさん揃《そろ》えて賑やかだったのにな」

　そして、彼らの思いを、東京で官僚として働いていた息子夫婦が継いだ。

　だが、あの日――夫婦は、店にいた子どもたちを車で高台に避難させたあとに、再び店に戻ったところを津波に飲まれてしまった。

「地方は、東京や大阪のような大都会と違って、子どもの頃に大好きだった場所がずっと残っている。それが、地方の良さですよって、死んだ息子さんが言ってたのを今でも覚えている。お役所の仕事も充実していたけれど、それよりも子どもたちの心の故郷《ふるさと》を守ることの方が、彼にとって大切だったんだそう」

　その死を無駄にしてはならないと、老夫婦は店を再開した。その商店街の名がきぼう商店街というのは、今や皮肉な話だ。

「小父さんが倒れた一因は、『ガイヤ』が出来て、子どもたちの姿が、めっきり減ったことだと、私は思ってる。確かに、『ガイヤ』は、遠間に活気を与えてくれた。でも、その代わりに、大切なものを奪ってしまった気がしてならない。それに異議を唱えなかった自分が情けないわ」

　伊藤が、一枚の写真を指さした。

「被災直前に撮られた一枚よ。この二人が、息子さん夫婦。そして、先生も知った顔がいるでしょ」

奈緒美《なおみ》、遠藤《えんどう》、千葉《ちば》、大樹《だいき》もみなみもいた。

「今でも、お盆や年末年始になると、ここに来て、記念写真を撮っていくそうよ。その時の顔は、子どもの頃のままなんだって、小母さんがいつも嬉しそうに話していた」

「先生、僭越《せんえつ》なんですけど、そういうこと、子どもたちに伝えたら、どうですか」

「押しつけがましく？　あなたたちは、『ジジババ』のお二人の希望を守ってあげなくていいのって？」

「ちゃいますよ。まちの歴史と一緒に歩んできた、こういう場所の良さみたいなものを伝えてみたらどうです」

また、俺、勝手なお節介しようとしているな。

けど、ここで悔しい、申し訳ないと伊藤がいくら嘆《なげ》いても、それだけなら、この店は近い将来閉店せざるを得ないだろう。

動くなら今なんだ。

4

あんちゃんとは、居酒屋「おつかれちゃん」で会った。

震災直後から、「地元の御用聞《ごようき》き」というボランティア団体を主宰《しゅさい》していたあんちゃんが、憩《いこ》いの場としてオープンしたのが、居酒屋「おつかれちゃん」だった。

「おおっ、小野寺ちゃん、待ってたよ。こっちこっち」

奥の座敷からあんちゃんが声をかけてきた。

座敷には、懐《なつ》かしい顔が並んでいた。

「浜登先生、来てくれはったんですね。相変わらずお元気そうで」

「元気だけが取り柄だからね。はるばる神戸から、ようこそ」

ラクダ顔の浜登は扇子《せんす》をゆっくりあおいでいる。

あんちゃんの隣には三木《みき》まどかが、座っている。内陸部の小学校に異動したまどかも、遠間に来るのは久しぶりらしい。

「昼間、第一小に寄ってきたんです。児童数がめっちゃ減ってて、びっくりしました」

新学期のたびに子どもたちが減って、このままだと、内陸部の学校に統合されそうなのだという。

「伊藤先生、お元気でしたか」

まどかが、尋ねた。

「元気やったよ。けど、随分《ずいぶん》、雰囲気が変わったな。あんな優しい人やったかなあ」

「伊藤先生、実は小野寺先生の隠れファンですから」

「まさか」

まどかの言葉はにわかに信じがたかったが、浜登まで頷いている。

「それにしても、あんなに児童数が減ってるのは、生活の場を求めて、引っ越していく家庭が増えたってことか」

「さすが、小野寺ちゃん、よく分かってる。俺は最初からずっと、もっと働く場所を作れって訴えてたんだけどなあ」

「第一小に行ったのであれば、『わがんね新聞』を見ましたか」

扇子をあおぐ手を止めて、浜登が尋ねた。

「ええ。玄関の掲示板に貼ってるのを読みました。でも、内容がちょっと微妙やったなあ。浜登先生が、おっしゃりたいのはそのことでしょう」

「まあね」

「巨大ショッピング・モールが出来て、地元の商店街はどうなんねんって、書こうとしたのを、先生たちで潰したって、伊藤先生から聞きました」

「えっ、マジで？」

あんちゃんだけではなく、まどかも驚いている。

「『ガイヤ』が出来て、きぼう商店街にひと気《け》がなくなった。それで、子どもたちはきぼう商店街を守れ、『ガイヤ』は出ていけ、という記事を出そうとしたらしいです」

「それを大人が横槍《よこやり》を入れたってわけか。ひどい話だ」

「伊藤先生は、校長と戦ったそうですが、ＰＴＡに、『ガイヤ』に就職した親が大勢いたために、子どもたちは校長の意見に従ったとか」

悩ましい問題やな。

小野寺は、「とおまのジジババ」の写真のことも話した。

「そういう心の故郷みたいな場所は、守り続けるべきやと思うんですけどね」

「確かに何とかしてやりたいな。でも、俺個人としては、もう小母さんには引退して欲しいんだ」

あんちゃんらしい意見だった。

「みんなで『とおまのジジババ』を応援しよう、をテーマにした新聞を作ってみるとか、どうやろか」

「それだって、子どもたちが自発的にやらないと、意味はないと思います」

まどかの意見はもっともだった。

浜登が口を開いた。

「小野寺先生の悔しさは、私にもよく分かりますが、時の流れは、誰にも止められません。いずれにしろ近い将来、きぼう商店街は役目を終えます。その時まで、あの場所で小母さんには、頑張ってもらった方がいいかもしれませんね。きっと、あの方にとって、あの店こそが生きがいでしょうから。まちの大人たちが、色々とサポートするぐらいは、あんちゃん、やるべきだろうね」

「そうっすね、ちょっと、ツレに相談してみます」

それが精一杯かもしれんな。

「ところで、あんちゃん、『ガイヤ』の出店って、反対運動なかったんか」

「反対運動をする暇《いとま》を与えなかったんだよ。ある日突然、松原海岸総合再開発計画なるものを、市長が発表した。防潮堤に反対する市民の意見を尊重して、松原海岸一帯だけは、防潮堤を設けないと。ただし、代わりに避難場所を併設した大型ショッピング・モールを建設する。これは、政府の復興庁の支援と『ガイヤ』グループの格別のご厚意で実現した、とぶち上げた」

計画は、市の幹部だけで、極秘に進められたという。そして、政府の復興特区の指定を受けて、瞬《また》く間に実現したのだ。

「それが、ちょうど一年前のことで、あれよあれよという間に、建っちまったんだよ」

計画時の発表では、きぼう商店街など、遠間地区にある五つの仮設商店街の店には、『ガイヤ』と県、市から助成金が拠出され、モールへの出店を支援すると明記されていた。

「だけど、テナント料はバカ高いし、年中無休で朝の九時から深夜十一時までの営業が義務化されるなどの条件が厳しくて、出店できたのはもともと余力のある店だけだ」

大資本のショッピング・モール出店は、まちの形を激変させる。モノは何でも揃うし、都会でしか手に入らなかったブランド品も購入できたり、映画やレジャー施設などもあって、地元住民の楽しみが広がる一方で、地元商店街は崩壊し、シャッター街となっていく。

さらに、最悪なのは、業績が悪化した場合だ。モールの中核である大手スーパーがあっさり撤退すると、地域の空洞化が始まる。

「あれよあれよという間に、建っちまった」のも、いつでも撤退できるような建築構造になっているからだ。

「俺は、『ガイヤ』オープンを全否定しているわけじゃねえんだ。まちに活気は生まれたし、地元で働く場所が出来たからね。でも、順番が違うんじゃねえの、って思うんだよ。まちの基幹となる産業を安定させるのが先だろう」

遠間市は、元々漁業と農業のまちだった。それが、震災と津波の影響で、大打撃を受け、既に廃業した漁師も多いと聞く。また、農業は、徐々に再開されてはいるが、生産高は上がっていない。

「私は、経済のことは、よく分からないんですけど、いち早く仮設の商店街が開きました。嵩上げが終わるまでは正式な再開は無理だったから、ずっと仮設でみんな頑張っていた。なのに、その隙に大型ショッピング・モールが出来てしまうのは、酷《ひど》いと思います」

まどかの言うとおりだった。

「いろんな意味で、順番が違うんだよ。こういうの、神戸の震災の時にはなかったのか」

「すぐには思いつかんなあ。そもそも阪神と東北では、まちのありようが違うからなあ」

阪神・淡路大震災の場合は、物流の大動脈が寸断されてしまったので、とにかく一刻でも早く復旧しなければならなかった。震災前から過疎に悩んでいた東北沿岸部とは、条件が違いすぎた。

あんちゃんが、ジョッキに半分残っているビールを飲み干して、小野寺とまどかの分を含めて、お代わりを頼んだ。

「浜登先生は、どう思われますか」

「私は、国が考える復興と、地元が目指している未来とに、大きなズレがあるように思います。国の視点からみれば、『ガイヤ』は堂々たる被災地支援です。何しろショッピング・モールの商業施設が全て二階にあって、津波の時は、避難できるような設備も併設していますからね。しかし地元としては、都会の発想で、勝手なことをされていると思ってしまう」

その時、「まいど先生、元気？」と声をかけられた。

小野寺が振り向くと、「おつかれちゃん」の女子店員が笑っている。

「まさか、おまえ、奈緒美か？」

「当たり！　超、嬉しい」

松井《まつい》奈緒美は、小野寺が赴任したその年に担任を務めた六年二組の児童だった。

「大きくなったなあ。ここで、バイトしてんのか」

「夏休みだからね。先生もおなかまわりが大きくなったよ」

「大きなお世話や」と言うと、もう一人はっぴ姿の女子店員が近づいてきた。

「みなみやんか！　元気やったか⁉」

仲山《なかやま》みなみは、二年目の時に受けもった児童だ。

奈緒美とは違って、生真面目《きまじめ》そうな高校生に育っていた。

「はい。先生もお元気そうで」

「おいおい、あとで客として呼んでやるから、もうちょっと働いて」

店は今、満席で、至る所から注文の声が上がっている。あんちゃんに言われて、二人は店員に戻った。

「あの二人も、いつまでこのまちにいてくれるか分からんよ」

あんちゃんの話では、遠間には高校がないため、二人とも下宿して県立高校に通っているという。奈緒美は専門学校を卒業したら、遠間に戻って美容院に勤めたいと言っているらしいが、成績優秀なみなみは、仙台か東京の大学を志望している。

「それでさ、今、あるプロジェクトを計画してんだよ。小野寺ちゃん、カノジョから何か聞いてねえの？」

「彼女って、誰や？」

「さつきちゃんに決まってんだろ」

「ここにゲームオタクを呼ぶというプロジェクトか。あれ、あんちゃんの計画なのか」

遠間市内の有志が、被災して廃校になった遠間南《みなみ》小学校を改造して、ＩＴ関係のスタートップの集積地にすべく計画していると、さつきから聞いている。それで地元の人にも働く場所を提供しようというものだ。

　被災地の復興のカギは、漁業と農業以外の〝新しい産業〟を生み出すことだ、というのがさつきの持論だ。

　ＮＰＯ法人で神戸の震災の伝承プロジェクトを進めているのとは別に、さつきは、ビジネスとして、経営コンサルタントとエンジェルという起業を志《こころざ》す人を支援する金融ビジネスも手がけていた。

　そちらの方は、小野寺はまったくノータッチだったが、アメリカの一流コンサル企業で働いていたさつきの手腕で、大成功しているらしい。

「そうだよ。なんだ、あんたら、付き合ってんのに、そんな情報交換もしてないわけ？」

「付き合ってへん。単なる、ＮＰＯ法人の共同パートナーや。清らかなお付き合いや」

「またまたぁ。まどかちゃんが、神戸に遊びに行った時、二人は本当に仲睦《なかむつ》まじそうで嫉《しっ》妬《と》しちゃいましたって言ってたぞ」

「いやいや、それは誤解やって。俺は、ずっとまどか先生一筋やから」

「先生、ウソばっか」

　まどかは、容赦ない。

「それで、俺たちは南小学校を東北版電脳ランドにしようと思っているわけ。ところが、これがなかなか難しくてさあ」

市長をはじめ、行政関係者の協力が得られないというのだ。

「なんでや?」

「俺が嫌われてるからじゃねえの?」

あんちゃんにしては、珍しく自虐《じぎゃく》的だった。

「そんなわけないやろ。このまちで、『地元の御用聞き』の恩恵を受けてへん人なんていない」

「けど、何かあるとすぐに市長に訴えてっからさ。煙《けむ》たがられているのは、間違いない。まあ、彼らの理屈からすると、一市民だけに市の資産を利用させるのは、差別になるそうだ」

あほくさ。けど、あの市長なら言うだろうな。

かつて小野寺も、震災遺構の問題で市長に意見して、睨《にら》まれたことがあった。

「そもそも南小に光を当てるのは、住民感情を傷つけるって怒られた」

校長と児童一名が、亡くなっているからか。

「私は、まちの発展のために使って欲しいなって思いますけどね」

その被害の当事者であるまどかは気丈にも、きっぱりと断言した。

「さつきとは、どんな話になってるねん？」

「まず、受け皿としての団体を作れと言われた。私企業じゃなく、地元復興のための市民グループが、プロジェクトを望んでいるという体裁《ていさい》だね。そして、そのプロジェクトには、地元の名士を男女少なくとも二人ぐらいは引き込む」

「その一人は、浜登先生です」とまどかが補足した。

「私は名士ではありませんが、教育委員会には後輩や教え子がいますから、少しはお役に立てるかと」

「浜登先生やったら、勇気百倍でしょ」

「だろ！　あとは、商工会議所の会頭さんとか、地元出身の大学の女性教授とかね。プラス小野寺ちゃんも、ぜひ」

「あかんあかん、俺はやめとけ。あんちゃん以上に市長に嫌われてる」

「昔の話だろ。今や、『まいど先生』は仙台のシンポジウムに呼ばれるほどの有名人やからな。さつきちゃんも、小野寺は有効って言ってたぜ」

余計なことを……。

「それにしても、なんでそんなに非協力的なんですかねえ。行政的には、あまりおいしくないからですか」

「そうかも知れんねえ。それに、行政に協力的と感じられない人たちが取り組んでいる運動に対する拒絶反応もあると思います。特に、被災した小学校を使えば、市民の反感を買うと考えるのは、いかにもあの市長らしい」

浜登も苦々しく思っているのだろう。

「政治家も巻き込んだら、どうや？」

「衆議院議員は、遠間の人じゃないんだよ。県議は地元民だが、市長とべったりだしな」

「せめて市議会議員は？」

「声はかけているが、どうかな。俺の評判が悪いからな」

あんちゃんは、若い頃はやんちゃくれやったらしい。補導歴もあり、少年院の一歩手前までいったと、本人から聞いている。あんちゃんだけでなく、彼の周囲にいるメンバーに対しても偏見があるようだ。

「ほな、あんちゃんが、市長になるしかないな」

＊

最終バスで帰るまどかが店を出た後も、男三人は呑み続けた。

そして、復興五輪の話になった。

「俺は、復興五輪、大歓迎だぜ。放射能をブロックしたとか嘘っぱちだけどさ、震災の復興を応援したいと思ってくれるアスリートもいるだろう。それに俺さ、観戦に来た人に向けて、被災地ツアーを考えてるんだ」

「せやけど、オリンピック開催を勝ち取るために、被災地は利用されたんやで。それが、俺には不愉快なんや」

小野寺の本音だった。シンポジウムでも同じように言えたらいいのだが。

「国会議員なんて、みんなそんなもんだろ。あそこまで大見得《おおみえ》切ったんだから、俺たちは、あの発言を利用すればいいんだよ。復興五輪なんだろ、被災地の子どもたちを東京に招待してくれとかさ、競技の一部を被災地でやれとかさ」

やっぱり、あんちゃんが市長になるべきやな。

先ほどからうとうとと舟をこいでいた浜登が、不意に顔を上げた。

そして、水をしっかり飲んでから話し始めた。

「私は強い怒りを覚えています。あんな酷い発言をした総理大臣なんて要《い》りません」

なんと過激な。

小野寺とあんちゃんは、顔を見合わせてしまった。

「というのは、冗談にしておきますかね。でもね、今や被災地はここだけじゃない。今年四月に起きた熊本の震災や、水害被害などの被災地を含めて、日本が元気になる五輪を本気でやるなら、よしとしましょうか。そのためには、我々が、ちゃんと復興をなし遂《と》げたと胸を張って言える状態で、世界からお客様を招こうという覚悟は必須です。そのことを小野寺先生にシンポジウムで提言して欲しい。国のやることに何でも唯々諾々《いいだくだく》と従うのではなく、我がまちを元気にするために、地元主導で考える。それができないのなら、復興五輪なんて、ちゃんちゃらおかしい」

それだけ言うと、浜登は眠ってしまった。

5

翌日、小野寺は奈緒美とみなみと共に、「ガイヤ」に出かけた。

前夜、「おつかれちゃん」でのアルバイトを終えた二人が、小野寺たちの席に合流した時に、「ガイヤ」の話で盛り上がった。そして「小野寺先生も行ってみたらいいじゃん。私たちが案内してあげるよ」と奈緒美が言い出したのだ。

ホテルのロビーで落ち合うと、小野寺の運転で「ガイヤ」を目指した。

学年も違うし、性格も正反対の奈緒美とみなみだが、後部座席で仲良く話し込んでいる。

「二人は、昔から仲良しやったんか」

「まあね。私たち、学童保育仲間だから」

「ナオちゃんは、私の憧《あこが》れでした。いつもかっこいいし、下の子たちの面倒見も良かったですから」

「それは、言いすぎ。みなみは優等生だけど、なぜか私に懐《なつ》いてくれたんだ。中学の時は、同じバレー部だったしね」

一七歳と一六歳になった二人は、少女時代よりも確実に二〇センチは背が伸びていて、奈緒美は小野寺の身長を超えていた。

「それより、小野寺ちゃんは、なんで『ガイヤ』が気になるの？」

小野寺は、第一小で見た「わがんね新聞」のこと、さらには大型ショッピング・モールの出現で、地元商店街が大変になったと伊藤先生が嘆いていたことなどを話した。

「へえ、あの新聞、まだ続いてんだ」

奈緒美が嬉しそうに言った。

「形はな。けど、残念なことにわがんね精神はなかったんや」

わがんね、とは、東北の方言で「やってられない」なんだと、赴任直後に、子どもたちから教わった。

「もう、今の子たちには社会に文句ないんじゃないの」

「ほんまに、そう思うか？　俺は、この嵩上げに、めちゃストレス感じるけどな」

「毎日見ていると慣れちゃうよ。今の遠間は、先生がいた頃と比べると、かなり戻った感じがあるよね、みなみ」

「毎日バイトや部活で忙しいし、高校生活も充実していますから、震災のことを気にしなくなった気もします」

既に五年以上が経過して、未だに震災直後のような精神状態である方が問題なのかも知れない。

被災地をいつまでも、特別扱いするのはよくないと、小野寺も考えている。

「松原海岸の件は、どうなんや。みなみは再生活動に熱心やったもんなあ」

「細々と続けています。長いお休みがないと、松の手入れとかのお手伝いは無理ですけど、『松原海岸通信』というブログがあって、その編集にもちょっと参加してます」

「松原海岸周辺の防潮堤の建設が取りやめになったのは、良かったたな」

「うん。一部の人は、『ガイヤ』が遠間に進出してくる大義名分を与えたって、怒っているみたいですけど、私は素直に嬉しいです」

「私は、みなみのように上手に言えないけどさ、『ガイヤ』が来てくれて、超嬉しいよ。それまで、自慢できるものなんて、松原海岸ぐらい。それが、今では、このあたりのデートスポットとしては遠間が一番人気なんだもん」

　この子たちに、大人の事情を押しつけたり、住民感情を忖度《そんたく》せよと言う必要はない。「ガイヤ」の登場を歓迎している若者は、実は多いのかも知れない。

　前方に、巨大な青いモールが見えてきた。


　三人は、まずお祭り広場なる場所に足を向けた。

　お祭り広場は、子どもたちの水遊びの場所となっていた。一〇メートル四方のプールや、滑り台や水鉄砲《みずでっぽう》ができるエリアなどがあり、親子連れでひしめいている。

　ショッピングエリアも大勢の客で賑わっていた。それらの光景には、被災地の暗さなどみじんもない。

「先生、こっちに行こう」

　奈緒美が誘ったのは、メモリアル・ソング・パビリオンだった。

「被災地に建てるショッピング・モールだからさ、なんかそれにちなんだ施設を作ろうって『ガイヤ』の人が、市民にアンケートを取ったんだよ。それで、ここが出来たの」

パビリオンの前には、人々が行列を作っていた。

「一五分ぐらいで入れるから、我慢して」

まるで、俺が待てへん人間みたいやなと苦笑いをしながら、小野寺は海の方に視線をやった。

緩いスロープが海岸まで続いている。みなみが、それを指さした。

「先生、津波が来たら、スロープを上って避難できるんですよ。それに、松原海岸を眺めるテラスが素敵なんです。特に夕焼けの海岸は最高。有名なプロデューサーのアイデアなんだそうです。こういうのは、地元の人には考えつかないものだし、私は嬉しかった」

地元ではなしえないことも、都会の大資本ならやってのけられる。

列が進んで、小野寺たちもパビリオンに入った。

ドーム型の映画館のようなつくりで、前面に大きなスクリーンがある。

ほぼ中央のシートに三人並んで落ち着いた。

館内が暗くなるというアナウンスがあり、上映時間が二三分だと告げられた。

津波に襲われる前の千本の松林がある松原海岸が映し出されると、聞き慣れたメロディが流れた。

〝真っ白な雪道に〟と歌が始まった途端、小野寺の胸が熱くなった。

これは――

東日本大震災復興ソングと銘打ってつくられた「花は咲く」だった。

東北縁《ゆかり》の著名人がリレーで歌詞を繋《つな》いでいく。

続いて、「アンパンマンのマーチ」、DREAMS COME TRUEの「何度でも」――。そして、復興の道のりで、汗を流す大人たちや、子どもたちの笑顔、この五年間の遠間の日々の風景が、スクリーンを飾る。

ああ。あの日から、みんな、いつも、頑張ってたな。

そして、次の曲のイントロで、遂に小野寺は泣いてしまった。

「満月の夕《ゆうべ》」やんか。

遠間の海に浮かぶ見事な満月がスクリーンに映し出された。この歌はロックバンドのソウル・フラワー・ユニオンが、阪神・淡路大震災の発災直後に被災地で歌った復興ソングであり、また東日本大震災の被災地でも多くの人に歌われて、心をなぐさめたと説明のテロップが流れた。

「満月の夕」が終わると、画面が暗くなった。

会場が明るくなると、奈緒美とみなみがこちらを向いた。二人の目が潤んでいる。

「これは、反則やな」

「でも、こんな震災の思い出し方もあると思わない？」

奈緒美の主張に反論する言葉はなかった。

6

「復興五輪という言葉ですが、では、今年の四月に熊本で起きた震災のために、別のビッグイベントを国は招聘《しょうへい》するんでしょうか。

東日本大震災が起きてから、地震だけではなく水害や土砂崩れなど、自然災害が続いています。なのに、東北だけを指して復興五輪というのは、ご都合主義じゃないんでしょうか」

小野寺がパネリストとして参加しているシンポジウムで、女性カメラマンが発言した。

彼女は全国の被災地を巡って撮影を続けており、今朝《けさ》も熊本の被災地にいたという。

「日本という国は、全てが東京で決まります。だから、東京の人は、東京の常識が日本の常識だと勘違いしています。そして、良いことをしてると思い込んで、被災地の人の心を傷つけている。復興五輪という言葉は、その象徴だと思います」

会場は静まりかえっているが、きっと同感だと思っている人が多い気がした。

小野寺は、遠慮がちに手を挙げた。

「今回のシンポジウムに呼ばれたので、一年半ぶりに前の赴任地の遠間市を訪ねたんです。皆さんも、ご存じのように先月、巨大ショッピング・モールが出来たところです。歓迎する住民もたくさんいますが、地域の経済を破壊すると怯《おび》える住民もいます。僕も、大手企業やったら、何やってもええんかって腹立たしく感じました」

「しかし、復興にはある程度の犠牲は必要で」と評論家が嘴《くちばし》を容《い》れた。

「先生、僕まだ話してるんで、黙っててください」

聴衆の間でパラパラと拍手が上がった。

「あそこには、メモリアル・ソング・パビリオンってのがあるんです、みなさんご存知ですか。

被災地への応援歌や、遠間の人が口ずさんでいた歌を、映像と共に流すんです。いやあ、参りました。映像がめっちゃいいんです。私、それを見て不覚にも泣いてしまいました。ああ、大変な毎日やったなあって。そして映像と共に当時の記憶を辿るのは、いいことやなとも思いました。僕はもう泣きたくないから二度と行きませんけどね」

評論家が眉《まゆ》をひそめた。

「そこで気づいたんです。東京的復興がどうとか、押しつけがましいとか、偽善とかは、腹立つけど、それを上手に利用して理想を実現したら、ええんとちゃうかなって。せやから、復興五輪とか、好きに言わせておきましょ。その代わり、やることは、ちゃんとやってくださいって、言いましょう。僕らは、いっぱいおねだりしたらええんです」

会場から拍手が起きた。

「それともう一つ。被災地の復興を考える時、大事なのは、主役は誰やねん、ということやと思うんです。被災した人――何より、この土地でこれから人生を歩む若い世代が、主役にならなあかんと思うんです。

彼らのために、我々大人は何を渡してやれるのか。そこに本気にならないと、まちの元気なんて、簡単に戻りませんよ」

言い終えた時、胸の中のモヤモヤが、少しだけ抜けた気がした。

はぐれたら、三角《さんかく》公園

1

二〇二〇年三月一七日――。未知のウイルスに世界中が振り回されていた。

おかげで、小野寺《おのでら》の三月の予定は、めちゃくちゃになってしまった。三月一一日に予定されていた東日本大震災の慰霊祭にも参加できなかったし、「神戸《こうべ》大空襲を記録する会」の幹事との今日の約束もキャンセルになった。

七五年前のこの日に、神戸は初めて空襲に見舞われた。そして終戦後は毎年、様々な慰霊行事や戦争を語る会などが開催されているが、今年は七五年という節目の年でもあるので、例年にも増して多くの行事が予定されていた。

一九四五年三月一七日午前二時半、神戸上空に飛来した約三〇〇機のB29は、神戸市西部でM69焼夷弾《しょういだん》、約二三〇〇トンを投下。市内は、焼け野原と化した。

M69焼夷弾は、日本の都市部を攻撃するために米軍が開発したもので、爆弾内に充填《じゅうてん》された焼夷剤が、着弾と同時に破裂して、炎でじわじわと人を追いつめて焼き殺すのだ。

第二次大戦初期までの攻撃目標は、軍事施設や軍需工場が中心で、民間人を巻き込まないようにしていた。それが、後期には、大都市を絨毯爆撃《じゅうたんばくげき》し戦争継続の意志をくじく戦略が主流になった。焼夷弾は、都市破壊にもってこいの爆弾だったのだ。

空襲と言えば、死者が約一一万五〇〇〇人にも及んだ東京大空襲が有名だが、軍事施設や港を有する神戸は、実に一二八回もの空襲を受けている。これは西日本では屈指の数字である。また、大空襲も三度あり、七四九一人が亡くなったと言われている。

二五年前の震災ですら、ちゃんと伝えられへん俺から見れば、七五年も前の空襲を語る人々は、神様みたいなもんや。

元同僚の森末荒太《もりすえあらた》は、戦争を語り継ぐのと、震災の伝承は、質が違うと言っていたが、それでも彼らから語り継ぐ行為を学ぶのは大切なことだと、小野寺は考えている。だから、「神戸大空襲を記録する会」の記念会に参加するつもりだったが、新型コロナのせいで中止になってしまった。

小野寺の落胆《らくたん》を気の毒がった幹事らが、食事に誘ってくれた。せっかくの機会なので、小野寺は「七五年も伝え続けられた情熱の源《みなもと》」を尋ねた。

皆、もう八〇歳以上の酸《す》いも甘いも噛《か》み分けた人生の達人だった。

彼らの経験談は、悲惨で辛《つら》いものばかりなのに、恨《うら》み辛みはすっかり浄化されているように見える。天災とは違うかも知れないが、失ったものは同じではないか。だから小野寺は「アメリカが憎くないんですか」と尋ねてみた。

――憎ないと言うたら、ウソやけどな。そもそも戦争は、市民を傷つけへんのがルールやからな。けど、日本軍も、中国や東南アジアで、無差別攻撃をしてるしな。どっちもどっちや。まちも生活も、そして家族も奪うような戦争は、やっぱりあかん。それを伝えるのは生き残った者の使命なんや――。

ほな、震災で生き残った者の使命は何や。

自然災害は、ある日突然、問答無用で何もかも奪っていく。人間が想定する災害規模の上限を軽々と超えて、防災の努力を踏みにじる。

さらに悩みを深くして、小野寺は兵庫《ひょうご》区湊町《みなとちょう》にある小料理屋を後にした。

春先の夜気《やき》は冷たい。勧められるままに酒を過ごしてしまった小野寺には、その冷気が心地よかった。そして、駅を目指して湊町四丁目から、新開地《しんかいち》の交差点を渡ろうとした時だった。何か硬い物を激しく揺さぶる音が聞こえた。

何の音やろ？

音のした方に近づくと、周りを三本の道路に囲われた三角《さんかく》地があった。

その周りを囲む鉄柵を、誰かが摑《つか》んで激しく揺らしていた。ダウンコートのフードで顔は隠れているが、男性のようだ。

変な酔っ払いやな、とやり過ごそうとした時、声が聞こえた。

「誰や、こんなところに鍵《かぎ》かけたんは。妹が焼夷弾にやられたんや、お願いですから、開けてください！」

焼夷弾という一言で小野寺の足が止まった。

「おっちゃん、どないしはりましたん？」

道路を渡って男に近づき、小野寺は声をかけた。

男には聞こえないのか、柵を揺すり、同じ言葉を繰り返し叫んでいる。

「おっちゃん、どないしはりましたん？」

小野寺は、男の肩に手を掛け、もう一度尋ねた。

「開けてくださーい！」

あかんわ、全然聞こえてへん。

その様子から察するに、おそらく認知症のおじいちゃんだろう。こういう場合、どうしたらええんやろう……。

老人は、「開けて！」と繰り返し、ずっと柵を揺さぶり続けている。

「おじさん、ここの中に何があるんですか」

小野寺が老人の腕を摑んで、大声で尋ねると、ようやく相手の動きが止まった。

「あっ、先生。よかった、ここ開けてください」

いや、先生って言われてもなあ。

「先生ぇ！　開けてってば‼」

今度は、小野寺の両肩を摑んで激しく揺さぶった。

これは交番に連れて行かなあかんかな、と思い始めた時、「鶴岡《つるおか》さん‼」という女性の声が聞こえた。

「やっぱりここやった」

見覚えのある女性が立っていた。

「あんたは、確か村尾《むらお》さん……」

2

三日前――

「先生、ちょっと一緒に聞いて欲しい話があるんですけど、今、大丈夫ですか」

元町《もとまち》にあるNPO法人「震災伝承プロジェクト」通称「伝プロ」のオフィスで作業中の小野寺は、さつきに声をかけられて顔を上げた。

「ええよ。さつき、いよいよ結婚するんか」

「冗談でも、こういう場所でセクハラ発言をするのは、いい加減にやめませんか。しかも、全然笑えないし」

軽蔑を隠しもせず返された。

「これは、しっつれいしました。もちろん、時間はあるよ」

小野寺が答えるのを無視して、さつきは会議室に入ってしまった。

小野寺も続いて入ると、そこには、二人の女性客がいた。いずれも、二〇代の若者のようだ。

「〝チーム縁《えにし》〟の代表の村尾さんと手塚《てづか》さん。借り上げ復興住宅に住んでいるお年寄りを、行政が強制的に立ち退《の》かせようとしていることに対して異議を唱えています」

「まいど！　小野寺です」

「まいどです、村尾です」

二人は、弾けるような笑顔で、サムアップで挨拶してきた。

「彼女たちは、借り上げ復興住宅からの追い出し訴訟に対して、真っ向から神戸市と戦って、一歩も引かないで頑張ってるの」

小野寺はその問題に、あまり詳しくない。

正直にそう白状すると、代表の村尾宏美《ひろみ》がレクチャーしてくれた。

阪神・淡路大震災が発生した後、多くの被災者は、新しい住居への入居を求めた。それを受けて、政府や被災自治体は復興住宅の準備を急ピッチで進めた。

しかし、行政機関だけでは、供給がおぼつかないので、都市基盤整備公団（現在のUR）や民間のデベロッパーの協力を求めた。彼らの保有する物件を、借り上げ復興住宅とし、被災者には、公営の復興住宅で定めた家賃と同額で提供、差額を国や自治体が負担した。

それによって、震災から僅《わず》か五年で、仮設住宅は全廃されて、被災者は新しい住まいを手に入れた。

ところが、震災から一五年を経過した頃、この突貫《とっかん》対応がはらんでいた問題が顕在《けんざい》化する。

震災当時の民法の規定で、借り上げ住宅は、二〇年で貸主に返還する義務があったのだ。

借り上げ復興住宅が二八六五世帯にも及び、差額の負担が、市の財政を大きく圧迫していると主張する神戸市は、借り上げから一五年を経過する二〇一〇年頃から、「契約が切れる前に退去せよ」と住民に通達する。

契約時に、そのような条項があると伝えられていた入居者は、全体の半分以下だった。そのため、「転居は不可能」という回答が相次《あいつ》ぐ。

元々、入居に関しては、抽選による選別を行っており、被災者には公営住宅か借り上げかを選択する余地はなかったのだ。

そこで、被災者支援活動を続けてきたＮＰＯや弁護士たちが、退去を求める神戸市や西《にしの》宮《みや》市に対して、居住者の意向を尊重するよう働きかける運動を開始した。

しかし、行政は頑《かたく》なで、二〇一五年以降、転居を拒否する入居者に対して、立ち退きを求めて提訴に至る。

「ちょっと、待った。話があべこべと、ちゃうんか。市が二〇年も暮らしている人を追い出そうとしているから、そんなの許さんって、住人が市を訴えてるんやろ」

説明を聞いていて、小野寺は質《ただ》した。

「誰でも、そう思いますよね。でも、違うんですよ。訴えているのは、神戸市の方なんです」

市が、市民を訴えるなんてことがありえるんか。

「信じられないでしょ。それが、行政のやることかって腹が立つ。しかも、この訴訟、被告側である住人がほとんど全敗しているんです」

「なんでや？　裁判所は、弱い者の味方とちゃうんか」

「裁判所が判断するのは、その事案が、適法か否かということだけです。裁判所が、神戸市側の主張を認めるのは、法の下《もと》の平等の思想からです」

「意味がまったく分からんな」

「神戸市の求めに応じて、借り上げ復興住宅から転居した市民が大勢います。なのに、それを無視して居座《いすわ》るのは、法の下の平等に反するという考え方ですね」

「けど、自発的に転居した人たちは、それだけの経済力や生活意欲がある人やろ。高齢の人には、無茶な話や」

「神戸市は、一方的に出て行けと言っているわけじゃないんです。代わりに市営住宅を用意しています。家賃も、それまでと同じです。また、八五歳以上、要介護三以上の方、重度障害者は、継続入居可能としています。つまり、最低限の配慮をしている、と裁判所は判断しています」

だが、平等というより、理不尽にしか聞こえない。

「私たちは学校で憲法を勉強するじゃないですか。その中でも、私が印象的だったのは、『生存権』です」

村尾が言うと、「憲法第二五条第一項、すべて国民は、健康で文化的な最低限度の生活を営《いとな》む権利を有する」と手塚が諳《そら》んじた。

「そういう権利を、憲法で保障していると習って、日本って凄《すご》い国だなあって、感動しました」

俺も、村尾さんと同じやな。つまらん法律もあるけど、生存権の保障は素晴らしいと思う。

「でも、借り上げ復興住宅の問題を調べれば調べるほど、憲法の思想って何だったんだって、思ってしまいます」

「ほんまやな。二〇年も経《た》って出ていけっておかしいやろ。それは、人のやることやない！」

高齢者の中には、無理に引っ越したせいで、体調を壊した人も少なくないらしい。

「先生、ここで怒っても、意味はないでしょ。みな、思いは同じだから。私が、先生をここに呼んだのは、こういう話こそ、記録して伝えていくべき大事なことじゃないかなって思ったからです」

「この理不尽の何を伝えるねん」

「大混乱の中で、衣食住の確保を最優先することは、当然です。でも、突貫で行った施策《しさく》には、様々な問題が内在した。おそらく、行政は、問題が表面化するのを早くから分かっていたはずです。それを放置してきた。この責任は重いです。せっかく復興したんだから、細かいことは無視しようと頰被《ほおかぶ》りしたツケを、結果的には一番弱い人たちが払う。こういうことは、東日本大震災など他の被災地でも必ず起きると思いませんか」

確かにそうだ。

俺たちは、発災直後は目先の問題ばかり気にしがちだったが、復興作業という土台の上に積み上がるものの中で、いずれ発生するであろう問題を事前に摘《つ》み取り、対策を練る重要性こそ、現代日本で初めて巨大災害を体験した神戸が訴えなければならない。

「私たちが一番心配なのは、こんな事態が起きているのを、多くの人が知らないことです。だから、二〇年も優遇されてきたのだから追い出されて当然だと考える人もいます」

「そんなひどいヤツおるんか」

「借り上げ復興住宅の正規の家賃は、市営の復興住宅より高く、結果的に、立地が良かったり、部屋が広かったりします。税金で贅沢《ぜいたく》するのは、不公平だ。だから、出ていけっていう理屈なんですよ」

村尾と共に学生時代から、この問題に取り組んでいる手塚が説明してくれた。

「これをテーマにイベントやってみたらどうやろか」

「無理です。市のやり方に異議を唱えるということは、私たち『伝プロ』は行政に楯突《たてつ》くことになりますので」

「伝プロ」は、神戸市から震災の伝承活動を委嘱《いしょく》されている。痛いところを突くようなイベントをやれば、金主《スポンサー》に弓を引くことになりかねない。

「さつきは、行政に気を遣《つか》うんか」

「そんな簡単な問題じゃないんです。行政と二人三脚で、震災の伝承をするという契約を結んでいる以上、このNPOの代表としては相当の覚悟をしなくちゃならない。それで、先生にお話ししたいことがあるんです」

「俺は、別に神戸市との契約なんて破棄してもええで」

これみよがしに、ため息をつかれた。

「私と先生が良くても、神戸市や兵庫県と連携しているイベントの関係者に、迷惑を掛けます。そこが問題なんです」

「ほな、どないしたらええねん？」

「先生の覚悟一つです。この問題を真剣に取り上げて、行政に対して異議を申し立てるおつもりなら、『伝プロ』を辞めてください」

「こんな偶然があるんやなあ」

「伝プロ」で知り合ったばかりの村尾宏美と、思いがけない場所とシチュエーションで再会するとは。

3

　新開地で発見した老人を、近くのサービス付き高齢者向け住宅（サ高住）の部屋に連れ戻した後、二人はカフェに立ち寄った。

　保護した老人の名は、鶴岡賢治《けんじ》、九二歳。

　村尾の近親者ではなく、「師匠」なんだという。彼女が、借り上げ復興住宅の強制立ち退き反対運動に参加した時、鶴岡は、その運動のリーダーを務めており、活動のいろはを教えてくれたそうだ。

「元は、神戸市の部長さんだったそうです。神戸の震災の時は、既に退職されていたのですが、ＯＢとして、直後の大混乱の中で、リーダーシップを発揮された方だったとか」

　新開地にある鶴岡の自宅は、地震で全壊している。震災直後は家族を避難所に残し、自身は市役所に泊まり込んで、右往左往する後輩たちのバックアップ役を務めた。

その後、「市民と同じ苦労を味わうべき」だと言って、家族と離れ、一人で仮設住宅に移り住んだ。やがて震災復興住宅の供給が始まると、子どもたちが独立したこともあって、妻と二人で、借り上げ復興住宅に入居した。

鶴岡は、かつて神戸市が、「株式会社神戸市」と呼ばれていた時代の市長の右腕として活躍した。自治体主導で神戸ポートアイランド博覧会（ポートピア'81）やユニバーシアードを成功させたり、神戸ワインのブランド化や西神《せいしん》ニュータウンの開発など、行政機関とは思えない大型事業を連発、神戸市を日本で一番成功した都市と言われるほどに押し上げた。

「行政機関というのは、民間では採算がとれない事業を行うためにある。それこそが、行政サービスの意義だ、というのが、鶴岡さんの持論でした。そして、『全ての市民にこのまちで生まれ、暮らして幸せだったと思ってもらいたいという理想を失ったら、行政マンはおしまい』が口癖《くちぐせ》でした。鶴岡さんからすれば、震災による被害は、ある程度予測できたそうです。でも、起きてしまったことを批判してもしょうがない。だから、その失敗を踏まえて、市民に向き合う行政を求めていたのに、借り上げ復興住宅の追い出しのような問題が起きたことが、残念でならないと反対運動のリーダーを買って出たそうです」

かつて開発の先頭に立っていた人物が反旗を翻《ひるがえ》したのだから、当然、厳しい批判が相次いだ。

それでも、鶴岡は怯《ひる》まなかった。

「それが、去年、奥様を亡くした時に、心がぽっきりと折れてしまったみたいで」

認知症が進み、一人暮らしが困難になったために、今年から、サ高住で暮らし始めたのだという。

鶴岡の入居しているサ高住は、一階に内科クリニックがあり、また、追い出し反対運動の幹部たちが、様々なケア体制を敷いて、サポートしている。

村尾もサポーターの一人で、夜九時に電話をして、安否確認をしているのだという。

「徘徊は、よくあるの？」

「この二週間ぐらい、急に酷《ひど》くなりました。今日だって、昼間はしっかりされてたんですよ」

「それにしても、なんで、あんな場所にいたんや」

「あそこ、昔は、三角《さんかく》公園って呼ばれていたみたいです」

鶴岡が揺らしていた鉄柵の内側は、戦前から一九六八年まで、市バスと市電のターミナルとして賑《にぎ》わっていたのだという。

戦争が激化し、空襲があるたびに、鶴岡は両親から「はぐれたら、自力で三角公園を目指しなさい」と繰り返し教えられたのだという。

一九四五年三月一七日の空襲で焼け出された賢治少年は、三歳になる妹を背負って逃げた。だが、焼夷弾から出た火が妹を包み、彼女は命を落とす。それでも、妹を背負ったまま、家族で取り決めていた集合場所の「三角公園」を目指した。

だから、突然少年に戻った鶴岡は、家族が待つ「三角公園」に行こうとしたんかも知れんなあ。

「戦争を体験された方は、阪神・淡路大震災の被災地を見て、また大空襲を受けたみたいだって思われたそうですね。鶴岡さんが、よくおっしゃっていました」

その話は、何度も聞いた。小野寺自身、戦争の時もこんな風にまちが壊れるんやろな、と思ったことがある。

「今日は、神戸大空襲の日って知ってましたか」

「えっ！　そうなんですか」

二〇代だから、知らなくて当然ではある。

「さっきまで、空襲を体験した方たちとご飯食べてたんやけど、さすがに空襲体験は、風化が進んでいるようやね。でも、きっと鶴岡さんのように、当時のことが忘れられない人はたくさんいるはずや」

「生まれ故郷が破壊されるのを、二度も体験するとは思わんかったって、おっしゃってました」

その上、住んでいる家を追い出されたら、三度目の絶望を味わう人も出てくるかも知れん。

「鶴岡さん、震災の時も、最初、家族で湊町公園に避難されたそうです」

三角地のはす向かいにある公園だった。

「戦争の記憶と重なって、そこに向かってしまったっておっしゃってました。そして、余震が続く中で、崩れたビルを眺《なが》めていると、昔のことばかり思い出されたって」

「ところで、村尾さんは、若いのになんで、借り上げ復興住宅の問題に前のめりなんや」

「私、一九九五年生まれなんです。七月生まれですけど、震災の時、母のおなかの中で、震災を経験しているんですよね」

村尾一家が住んでいた神戸市東灘《ひがしなだ》区のマンションは全壊、一家は避難所、仮設と移り住んだ。

「宿命だと今は諦《あきら》めていますが、九五年生まれは、常にメディアに注目されています。いわゆる『震災の子』ですよね。私はそれが嫌で。

だから、震災に関連した行事とかには極力参加しませんでした。震災関連の作文を書かなくちゃならない時も、『いつまで、被災地とか言っているのか、意味が分かりません』と書いて、先生から呼び出しを喰らったこともあります」

「反発の子」やったやな……。

「それが大学生の時に逆転しました。友人に誘われて、借り上げ復興住宅で暮らすお年寄りの話を聞きに行ったんです。それで、変わったんです」

震災で夫と娘を亡くした高齢者の話を聞いた。身寄りもなく避難所や仮設住宅で暮らしてきたという彼女の話は、衝撃的だったという。

「私、震災のこと、何にも知らなかった。恥ずかしいと思いました」

そして、そのお婆さんが、市から転居を強く求められていて、困っていると相談してきたのだ。

「最初、入居した時は、知り合いは誰もいなかったそうなんです。でも、長く住み続けるうちに、友達が増え、親身《しんみ》になってくれるお医者も見つけて、安心して最期まで暮らせると思った矢先、追い出しを命じられたって、途方に暮れていらっしゃったんです」

支援むなしく、お婆さんは二年後に亡くなる。市から退去についての訴状が届いた三日後だったという。

「自分の無力さを痛感しました。でも、黙って見過ごしてはいけないとも思いました。いえ、むしろ私のような若い世代こそが、関わらなくちゃいけない問題なんです」

　最近の若者は、人当たりが良く優しそうに見えるが、面倒なことには手を出したがらないと、小野寺はよく嘆いている。

　あるいは、「いいことをしている」という自意識で活動し、周囲の迷惑は顧《かえり》みないのに、やたら自己主張や社会批判をする「意識高い系」の若者に辟易《へきえき》としていた。

　村尾は、そんな若者とはまったく別のタイプだ。腹が据《す》わっている。

「いいことするって、疲れへんか」

「これって、いいことですかねえ。むしろ面倒だから誰もやりたがらないことでしょう。誰もやらないなら、私がやるっていう面倒な性格なんだと思います」

「けど、社会的な発言や行動もしてるやん。それって、批判もあるやろ」

「小さい頃から母親に、自分の行動には責任を持てと言われ続けて育ったので、まあまあ打たれ強いのかも。また、社会や誰かを批判したら、自分も必ず攻撃されるもんだとも、母は教えてくれました。だから、そういうものだと思っています」

　村尾の母は、男女雇用機会均等法が制定された直後に、男性社員に交じって総合商社に入社して、バリバリのキャリアウーマンとして頑張ったらしい。

「凄いお母さんやな。ほな、今の活動も応援してくれてるんか」

「どうでしょう？　色々思うところはあるようですけど、何も言いません。失敗するのが分かっていても、優しく手を差し伸べたりはしない人なので」

だから、こういう芯《しん》の強い娘が育つわけか。〝若者〟とひと括《くく》りになんてしてはいけないんやな。

「村尾さんは、堂々たる『震災の子』やな。嫌かも知れんけど、俺は、誇らしい気持ちでそう呼ばせてもらいます」

――先生の覚悟一つです。この問題を真剣に取り上げて、行政に対して異議を申し立てるおつもりなら、「伝プロ」を辞めてください。

さつきの発言が、ようやく身に染みてきた。

どうすんねん、徹平《てっぺい》！

村尾たちの活動を、多くの人に伝えようとすれば、行政と事を構える側に回ることになる。

そこまで堅苦しく考えず、彼女らの活動や問題指摘を伝える会ぐらいやれるんじゃないかと、小野寺は軽く考えていた。

だが、村尾らを応援するならば、行政が「問題あり！」と提訴している相手を守り、行政の主張を「不条理で、憲法違反だ！」と抗《あらが》うことになる。

中途半端な気持ちで、参加するわけにはいかない。そのためには、「伝プロ」の事務局長という立場で闘うのは、卑怯《ひきょう》やな。

細《ささ》やかな収入も断たれるわけや。けど、そんなこと言うてる場合やない。

腹を括《くく》らなあかんかな。

4

翌日の夕刻、「伝プロ」の事務所で書類仕事に追われている小野寺に、来客があった。村尾宏美だった。ツイードのスリーピーススーツにネクタイを締めた老人も一緒にいる。昨夜とは別人のような鶴岡だった。

「突然お邪魔して申し訳ありません。鶴岡さんが、どうしてもお礼をしたいと言ってきかないんです」

宏美が恐縮する横で、老人は被っていたフェルト帽を軽く持ち上げて挨拶している。

小野寺が、二人を来客用の部屋に案内しようとするのを、宏美が引き止めた。

「先生、お時間があれば、これからお食事をご一緒して戴《いただ》けないかと。鶴岡さんがじっくり話したいとおっしゃってるんです」

小野寺は「ぜひ」と言って、すぐに出掛ける仕度を終えた。

揃《そろ》って元町通《もとまちどおり》三丁目の雑居ビルを出ると、鶴岡は、元町商店街を東に向かった。

「何か、昨日とは別人のように、しっかりしてはるなあ」

速足で歩く鶴岡に続きながら、小野寺は言った。

「良い時と悪い時の調子の波が激しいんです。今日は調子良い日です」

南京町《なんきんまち》の角を曲がると、鶴岡はレストランに案内した。

伊藤《いとう》グリル――。小野寺も名前ぐらいは知っている老舗《しにせ》の洋食店だ。店に入ろうとする鶴岡を、小野寺は呼び止めた。今日の服装は普段着にもほどがある。着古したダンガリーシャツにジーパン、ダウンジャケット姿で入るのは、さすがにはばかられる。

「あの、俺、こんな格好ではマズくないですか」

「ノープロブレム」

それだけ言うと、鶴岡は店に入ってしまった。

「いらっしゃいませ、鶴岡様、お久しぶりです」

蝶《ちょう》ネクタイをした年配のボーイは、鶴岡とは顔なじみのようだ。

窓際の席に案内される。テーブルの一輪挿《いちりんざ》しには、黄色いチューリップが活けられている。

「喉《のど》が渇《かわ》いた。シャンパーニュにしよう」

生ビールの方が気が楽ですとも言えず、小野寺は「お任せします」と返した。

ハーフボトルのシャンパーニュがグラスに注がれた。

そこに、シェフが姿を見せた。

「鶴岡さん、お元気そうで何よりです」

「ご無沙汰」と言って、鶴岡は小野寺らを紹介した。

「こんな格好でお邪魔してしまってすみません」

「大丈夫ですよ。鶴岡さん、お食事の方は、いつものでよろしいですか」

料理は、特別仕立てのメニューらしい。

乾杯のあとで、あらためて宏美が礼を言った。

「昨日は本当にありがとうございました。おかげで鶴岡さんも、すっかりお元気になりました」

「いや、むしろ、宏美ちゃんがいてくれたから良かったんです」

「私はね、小野寺先生に会えたことが何よりも嬉しい。先生は東北で頑張った人やろ。死んだ妻が、テレビ見て、こんな偉い人もおるんやねえって、言うとった」

穴があったら、入りたい気分だった。

「先生は凄いガッツのある人や。そして、この子も、先生を素晴らしいと褒《ほ》めとった。だから、お願いがあるんや」

「え？」

お願い？　と聞き返す前に、宏美が分厚い革製のシステム手帳を差し出した。

「鶴岡さんはこれを、先生に使って戴きたいそうです」

年季の入った手帳は電話帳ぐらいの厚みがある。受け取ると、ずっしりと重かった。

「そこに、借り上げ復興住宅の問題点や、鶴岡さんが神戸市の後輩から聞いた実情などがメモされています」

宏美が補足した。

システム手帳には、小さな文字が、びっしりと並んでいる。

「こんな貴重なもん、いきなり戴くわけには」

言い終わる前に細く皺《しわ》だらけの鶴岡の手が伸びてきて、小野寺の手を握りしめた。

「小野寺さん、私はもうあかん。だから、あんたにこれを託す。そして、神戸をもっともっといいまちにして欲しい」

「なんで、いきなり私なんかに？」

「それは、あんたと三角公園で出会ったからだ」

「は？」

鶴岡が何も言わないので、村尾がフォローしてくれた。

「はぐれたら、三角公園でって、鶴岡さん、よく言うんです。鶴岡さんにとって、あそこは大切な場所なんですって。そこで小野寺先生に出会ったのだから、先生は運命の人らしいです」

「でも、期待にお応えできる自信がないです」

「大丈夫、大丈夫」

「小野寺先生、すみません。先生の東北でのご活躍を、鶴岡さんに話したら、彼なら、私に代わってやってくれると強い口調でおっしゃったんです」

一体、俺に何ができるというねん。

俺は、とにかく村尾たちの活動を、無関心な人たちにもっと広げる手伝いをしようと決めただけや。

二人に何と返そうか迷っているうちに、神戸牛のステーキが焼き上がってきた。ハーフサイズの肉に、特製ソースが掛かっている。

5

その後、小野寺は「伝プロ」を退職すると、さつきに伝えた。そして「伝プロ」勤務の最終日に、荷物を片付け終わった小野寺は、さつきを会議室に呼んだ。

「『伝プロ』の事務局長という肩書きは捨てるけど、俺は神戸から何を発信すべきかを、これからも考え続けたい」

「そうしてください。私も、そのつもりです。先生を追い出すような真似《まね》をしたことは、本当に申し訳ないんですが、これはあくまでも、対外的な形式上の問題ですから」

さつきの腹を分かっているつもりだったが、それに言及されたのは心強かった。

「ありがとう。借り上げ復興住宅問題は、伝承を考える上でも、重要やなと思い始めている。震災直後には、見えてなかったことが、長い年月を経《へ》て、顕在化する――その象徴みたいなトラブルやと思う」

「復興を急ぐあまりに、デリケートな部分や将来必ず起きるであろう問題を、放置して突き進んだ弊害《へいがい》ですね？　行政の怠慢《たいまん》は、許しがたいですね」

「いや、それは単に行政の怠慢だけとちゃうと思うねん。一日も早く元の暮らしに戻りたいと訴えた人が大勢いて、結局、拙速《せっそく》な事業が進んでしまった」

東日本大震災の被災地でも、被災者の知らない間に、防潮堤の計画が進んだという主張がある。だが、被災地が、再び地震による津波に襲われないためにも、一刻も早く防潮堤の建設を進めて欲しいと願う人はたくさんいた。後世に残す景観など考える余裕もないほどに、津波の恐怖はとてつもなく大きかったのだ。命を奪われる恐怖に直面した行政と市民に対して、正解だ不正解だと断ずる権利など誰にもない。

だから、一方的に行政の横暴やと決めつけてはいけないのだ。

「借り上げ復興住宅の問題で、私がどうしても納得がいかないのは、立ち退きを拒《こば》む市民を提訴して、裁判所の力で、追い出そうとする、その姿勢です」

借り上げ復興住宅があるのは、神戸市だけではない。中には、二〇年を経過しても、同じ条件で住み続けられる体制を敷いている自治体もあるそうだ。

「市民サービスは、行政と市民のコミュニケーションの上で成立するものです。そこに、司法の裁《さば》きを利用して、強制力を行使するというのは、職務怠慢じゃないですか」

「そうやな。俺もそう思う。けどな、それに拳を上げて、行政はおかしい！　人権侵害や！　と叫ぶのが、俺らの役割なんやろうか」

「えっ？」

「とんでもない非常事態の中では、何かことを進めるたびに、衝突が起きる。行政と市民の対決なんていうシンプルなもんと違う。いろんな利害関係が立ちはだかるねん。

だから、話し合いが必要やねんけど、強引に何かを決めようとしたらあかんねん。正解なんてどこにもないからな。

そんな時には、らくだ校長みたいな大らかな人が一番必要なんや。まあ、みんなちょっとお茶でもしましょうと、落ち着かせるところから始まるのがええような気がする」

小野寺の脳裏には、あの惚《とぼ》け顔の校長の顔が浮かんでいる。

「かりんとう摘まんで、お茶戴いて双方の言い分を冷静に聞いてると、結局は誤解があったり、問題が共有化できてなかったのが原因やったりする。ほな、どうすればいいのか、そこからじっくり考えればいい」

さつきは黙ってこちらを見ている。

「宏美ちゃんが、『私たちが一番心配なのは、こんな事態が起きているのを、多くの人が知らないことです』って言ってた。俺らのやらないかんのは、それやないかな」

「つまり、怒りの声を上げるのではなく、借り上げ復興住宅という問題があると訴えることが、重要だと?」

「そんな気がするねん。そうせんと、『自分事』なんて、誰も思わへんやろ」

対立からは、何も生まれない。
少なくとも、俺の人生経験で言えるのは、それだけや。だったら、実践すべきなのだ。
さっきがため息をついた。
もどかしく難しく面倒な事ばかりや。それで誰もやらへんなら、俺がやればいい。
小野寺がオフィスを出て、元町通を歩き始めると、風の中に春の陽気が漂っていた。

乗り越えられない

1

二〇二〇年一二月二三日──。

その痛みは、いつも不意に襲ってくる。まるで胸に穴が空《あ》いたような息苦しさを覚える。

パニックに陥《おちい》りそうになったさつきは、ブラウスの上から胸のロケットを握りしめて必死に耐えた。

「相原《あいはら》ちゃん、意見はねえの？」

「ちゃん」付けで呼ぶのはやめてと何度言っても「ちゃん」を止《や》めない中《なか》井俊《いしゅん》が、さつきを見ている。

お陰で遠間《とおま》市立コミュニティセンターの会議室にいる現実に、引き戻された。

「失礼、何の意見？」

「ちゃんと聞いてくれよ。そちらさんのご要望には、可能な限りお応えしたいんだけどさ、『ザウルス』内にコンビニを建てる件は、俺たちでは実現不可能だってこと。そっちで何とかならないかな」

「何とかって？」

「つまり、あんたのスゲぇネットワークで、探してもらえないだろうか」

「呆れた。また、丸投げするつもり？」

東日本大震災で甚大な被害があった遠間市に、新たな産業を興《おこ》すプロジェクトとして、さつきはＩＴソフト開発の集積地を提案していた。その実現のために国を巻き込み、ようやくスタート地点に立ったところだ。

拠点には、津波被害が甚大だった市立遠間南小学校を選んだ。被災して廃校になった同小を整備・改造して、研究所兼住まいに生まれ変わらせる予定だ。

南小がある地名が鵜留主《うるす》なので、南小＝サウスと読ませて、施設を「ザウルス」と命名した。

あと三ヶ月ほどで、東日本大震災から一〇年という節目を迎える。

一〇年で総額三〇兆円以上という莫大《ばくだい》な復興予算を投入してきたにもかかわらず、被災地の復興は進まない。中でも、被災者のリスタートのために重要な鍵《かぎ》となる新たな職場づくりや産業誘致が難航していた。インフラが脆弱《ぜいじゃく》な上に、日本経済が冷え込む今の状況では、どうにも手の施《ほどこ》しようがないのだ。

そこでさつきらのプロジェクトチームは、個人でソフトを開発できるレベルの「オタク」たちに焦点を当てた。彼らに必要なのは、思う存分開発にエネルギーを費《つい》やせる場所だ。あとは光通信環境を整えればいい。

地域再興に取り組み、南小の再利用を検討していた中井らにとって、さつきの提案は、渡りに船だった。

そしてさつきは、中小企業庁や復興庁、経団連など、日本のベンチャーの拡大に力を入れている行政、業界を回り、潤沢《じゅんたく》な支援を勝ち取った。当初は住民感情を気にしていた市長も、国から莫大《ばくだい》な補助金が拠出されると知るや、一転、すっかり前のめりになったのだ。

また、米国シリコンバレーで成果を挙げたコンサルティング企業から、スーパーバイザーもスカウトした。

「ザウルス」で起業する「オタク」たちは、世界中から募《つの》った。彼らには、最初の一年間は、生活費をほぼ全額支給される。その代わり、彼らの開発したものが製品化された場合は、その売り上げの三％は「ザウルス」を運営している機構の配分とするのが条件だった。

「オタク」のうちの一人でも成果を挙げれば、遠間はＩＴ業界で注目されるだろうし、人が集まってくるかも知れない。そうなれば、地元経済が活性化され、地元の人たちに職を提供することにも繋《つな》がる――。

　建設工事は来週には全て終了する予定で、いよいよ二〇二一年一月の仮オープンが目前に迫ってきた。そこで、さつきはゲームソフト開発者に加え、ＩＴベンチャーの社長や大学の研究者数人を招いて、内覧会を行った。

　二期計画として、南小の体育館を取り壊し、そこに新たに工作機械を備えたワークショップ施設――ファブラボの新設を考えていた。

　その一方で、「とにかく『ザウルス』から一歩も出なくてよい環境」には必須条件であるコンビニの出店の目処《めど》が立たなくなった。


「最初に手を挙げた地元企業が、倒産しちゃって、全部、狂っちゃったんだよ」

「代わりはすぐに、見つけるって言ってませんでしたっけ？」

「はい、申し上げました。でも、ごめんなさい！　俺の見込みが甘かったんだ。ちょっと前なら、震災復興に一役買うためにって呪文唱えたら、何だって簡単に誘致できた。でも、もうそういう時代は終わったんだな」

　もはや被災地じゃないだろ、という声をよく耳にするようになった。もうすぐ一〇年を越えるし、東日本大震災以降、長野、熊本、北海道などで甚大な地震が起き、水害も頻発している。今や、東北だけを特別視するわけにはいかない。

「代わりが見つかる可能性は？」

「五分五分ってとこかな」

「つまり、候補はあるんですね」

「まあね。最悪は、俺んとこの会社が、手を挙げようかと」

中井が社長を務める会社は土建が本業だが、震災後は「地元の復興のためには、やれることはなんでもやる」という精神で、手広くビジネスを広げている。

「どうせ、クリーニング屋やファストフード店とかも、いるんだろ。そういうのを全部まとめてお引き受けしようかと」

「じゃあ、私も知り合いに問い合わせてみます。そっちもダメなら、その時は中井さんの会社にお願いします」

内覧会の終了時刻が近づいてきたので、さつきは、ミーティングを切り上げた。

視察団体を見送ったさつきは、センター入口に掲げられた行事予定表のボードを見て、足を止めた。

午後七時から和室会議室で、「号泣《ごうきゅう》の会　パート12」とあった。

「中井さん、これ、何ですか」

「ああ、これ？　辛い思いをした被災者の悩みを聴くっていうボランティア活動。なんでも毎回、最後は全員で号泣して終わるんだって。俺には理解不能なんだけど、なかなか好評らしいぜ」

「つまり、傾聴《けいちょう》ボランティアってこと？」

「そんなもんかな。興味あんなら、覗《のぞ》いてみっか」

さつきの脳が、アラートを鳴らした。

2

小野寺《おのでら》は、来年一月一七日の「震災の日」のイベントについて、「伝プロ」のスタッフと打ち合わせしていた。阪神・淡路大震災から二六年も経つと、アイデアはあらかた出尽くしている。何とかようやく内容が固まってミーティングが終わると、ボランティアの大樹《だいき》が声をかけてきた。

「先生、今晩のご飯、一人追加してもいいですか」

「別にええけど、誰が来るねん」

「大学の先輩です」

神戸大学医学部の二回生の庄司《しょうじ》大樹は、小野寺が応援教師として出向していた東北・遠間市立遠間第一小学校の教え子だった。

「先輩って、医学部のか」

「ええ、まだ、研修医ですけど」

後期臨床研修中の先輩だという。

「えらい年上の先輩やねんな」

「僕が精神科医を目指しているのは、知ってるでしょ。それで、色々相談に乗ってもらっているんです。個別指導講師《チューター》みたいな存在です」

東日本大震災で、両親と妹を失った大樹は、激しい心的外傷後ストレス障害《PTSD》に悩まされた。大阪に住む叔母《おば》に引き取られるまでは、小野寺と同居したこともあるのだが、その時も大樹は悪夢に苛《さいな》まれていた。

「自分を助けてくれた医師《せんせい》のようになりたい」と神戸大学医学部に進学した時から、大樹は精神科医を目指していた。

「ええけど、なんか賢い人と吞《の》むと、悪酔いしそうやなあ」

「先輩は気さくな人なんでお気遣いはご無用です。それに、先生に相談したいこともあるそうなんですよ」

大樹らと向かったのは、ＪＲ神戸線の高架下にある金盃森井本店《きんぱいもりい》だった。創業大正七（一九一八）年の老舗《しにせ》居酒屋で、阪神・淡路大震災では、被災直後に在庫で有していた酒を、無料で配布するなど話題になった。そして、令和の時代になっても、美味《うま》い酒と肴《さかな》を供している。

午後六時半に店に着くと、一階のカウンターは既にほぼ埋まっている。

「ああ、徹平《てっぺい》ちゃんいらっしゃい！」

顔見知りの女将《おかみ》は今日も元気だ。

「もう一人増えたんやけど、大丈夫ですか」

「じゃあ、二階へ」と言われて、大樹と階段を上がった。

階段を上ると、「金盃」と金字で書かれた大きな扁額《へんがく》が見える。

「おでんが美味《おい》しい季節になりましたねえ」

小野寺が女将に、生ビールを二杯と名物のおでんと刺身の盛り合わせを頼むと、大樹が、「ポテサラとメンチカツお願いします」と続けた。

先輩を待たなくても良いというので、さっそく二人で乾杯をした。

頭の痛い会議を終えた後なので、とにかくビールが飲みたかった。

「ああっ、うまい！　やっぱり、仕事の後のビールは、最高やな」

「先生って、ほんと美味しそうに飲みますよね、そのままビールのコマーシャルに出られますよ」

大樹のジョッキは、二センチほどしか減っていなかった。

「なんや、おまえは、元気ないのか」

「元気ですよ。でも、僕は冷たいのを飲みすぎると、おなか壊すんですよ。だから、ゆっくり味わって戴《いただ》きます」

突き出しをつまみながら小野寺は、しみじみと大樹を眺めてしまった。

「何です、その微妙な視線」

「立派に育ったなあと、感動しとるんや。俺が、おっさんになるのもしゃあないな」

「僕はまだまだガキです。色々思い通りにならないことばかりですから」

そんなもん、俺かって同じじゃや、大樹。

その時、階段を軽《かろ》やかに駆け上がってくる音がして、長身の女性が現れた。

「小野寺先生、失礼します！」

その女性に言われて、小野寺はビールにむせた。

「えっと……」

「先生、先輩の川合麻里奈《かわいまりな》先生です」

「はじめまして、川合です」

大樹の「先輩」は、男だと思い込んでいた。

「あっ、どうも。小野寺です。さあ、どうぞ座ってください」

「急に押しかけてしまって、申し訳ありません」

「いやあ、美人はいつでも大歓迎ですよ」

「先生、セクハラですよ」

「えっ、そうなんか。けど、美人には美人て言うてもええやろ」

「はい、美人じゃないですけど、ありがとうございます」

大樹が生ビールを追加して、改めて乾杯した。

川合は災害の被害などによるＰＴＳＤが研究テーマだという。精神科医を目指している大樹が、川合の研究を知って、連絡を取ってからは、同じ医学生の身として何かと交流しているそうだ。

「ほな、カウンセリングも、してもらってるのか」

「いえ、もうこの五年、パニックも起きないので、今はカウンセリングは受けていないんです」

「逆に私の方が、震災が起きた時からの大樹君の精神状態について教わっている感じです」

災害などの辛《つら》い体験は、抱《かか》え込まないで誰かに話すのが重要だと言われている。ただし、体験を聴く側に訓練が必要で、素人《しろうと》が予備知識なくヒアリングすると、トラウマが聴き手側に連鎖する危険がある。

そういう意味でも、二人は良いパートナーを見つけたといえた。

「それで今晩、無理に押しかけたのは、小野寺先生に、お願いがあるからなんです。先生は、傾聴ボランティアというのをご存じですか」

3

広い和室に、数組が車座になっている。その輪の中で、何人かが号泣している。

何だ、これは……。

さつきには異様としか思えなかった。

会の主催者に許可を得て、さつきは中井と共に部屋の隅《すみ》で見学していた。

泣いているのは地元民のようだ。その中に、揃《そろ》いのトレーナーを着た若者が混じっていた。

「トレーナーを着ているのが、傾聴ボランティアの皆さんです」

遠間で、彼らの活動を受け入れている社会福祉法人（社福）の担当者が、隣で説明してくれた。

「ボランティアは、トレーニングを受けているんですか」

さつきは、参加者に聞こえないように小声で尋ねた。

「トレーニング？　何を鍛えるんです？」

「傾聴ボランティアというのは、ヒアリングする側にスキルが必要なんです。それを身につけておられるのかが気になります」

珍しく中井が茶々を入れなかった。

「ちょっと、僕では分かりかねます。でも、市民の皆さんには大変好評で、何か問題があったという話は聞いていませんが」

社福の担当者は、若いうえに頼りなさそうな青年だ。彼には、さつきの懸念が、まったく理解できないようだ。

これ以上は、さつきが介入すべきではない気がした。さつきは部外者であり、責任者でも専門家でもない。

「ちょっと、外で話せるかな」

　中井が、担当者とさつきを連れ出した。

「あんた、震災後一年目の時に、とてもお世話になったＫＴＫＰっていう、ボランティア団体を覚えているか」

　中井は、古い話を持ち出した。男は首を左右に振った。

「アメリカで活動してきたスーパー・ボランティア・チームだよ。遠間で大活躍して、俺たちは本当にお世話になったんだ。こちらは、そのトップだった相原さつきさん」

　担当者の男性が慌《あわ》てて名刺交換しようとしたのを、さつきが止めた。中井は続ける。

「相原さんの話では、傾聴ボランティアをする人は、相手と対話しちゃいけないんだ。頷《うなず》くこともダメなんだって」

「えっ！　そうなんですか」

　さつきが説明を補足した。

「ボランティア側に悲しみや恐怖が伝染して、パニックを起こすリスクがあるんです。なので、しっかりとトレーニングを積んだ人以外は、すべきではないとされています。スタッフに、精神科医か心理カウンセラーは、いらっしゃいますか」

「よく分かりませんが、いないかと」

「じゃあ、ボランティアの皆さんには、今後きちんとした専門機関で、しっかりとカウンセリングを受けるように伝えてもらえませんか」

約二六年前、阪神・淡路大震災で被災したさつきは、神戸の避難所にいる時は、何の問題もなかったのに、ニューヨークで父と暮らし始めてから、激しいＰＴＳＤに襲われた。

専門家がすぐにサポートに入り、ＰＴＳＤの症状は沈静化した。

大学生になると同時に災害支援のボランティア活動に参加し、傾聴ボランティアの存在を知る。そのスキルを身につけようと世話になった精神科医に相談に行った時に、傾聴ボランティアの難しさと、リスクを教わった。

さらに、さつきの場合は、自身がＰＴＳＤを発症しているので、傾聴ボランティアの活動は、控えるようにアドバイスされたのだ。

また、当時積極的に傾聴ボランティアを行っていた友人は、ボランティア活動から離れて三年後に、激しいＰＴＳＤを起こして、社会生活に大きな障害を来《きた》した。

「あの、ボランティアの方に、何かが起きる可能性って、どのぐらいなんですか」

「どのぐらいも何も、せっかく俺たちのために、親身に話を聞いてくれている若者の心のケアに気を配るのが、お兄ちゃんの役目だろ？　しっかりやるんだよ。オッケー？」

オッケーかどうかは分からなかったが、中井の迫力に気圧《けお》されたように、担当者は頷いた。

4

「神戸の大学生サークルが、東日本大震災の被災地で、傾聴ボランティア活動をしていて、好評だというんです」

川合が相談したいというのは、その件だという。

「彼らは訓練を受けてるんですよね？」

「どうも、そうではないようなんです。うちの大学の学生もメンバーにいるので、先日、研究室に呼び出して、実態をヒアリングしたんです。トレーニングはしているというんですが、誤ったやり方で……」

まったく！

「ボランティアあるあるやけど、困ったもんやなあ」

被災者が喜ぶことなら何でもやるという若者の善意は素晴らしいのだが、素人が勝手な解釈で踏み込んではいけない領域があるのを、彼らは知らなすぎる。

「私の指導教授から諭《さと》してもらおうと、ボランティア団体の代表を呼び出したんですが、一向に呼び出しに応じないんです。そこで、小野寺先生にお力をお借りしたいと思いまして」

その団体は「号泣の会」なる傾聴ボランティア活動を行っていて、その拠点になっているのが遠間市なのだという。

ちびちびと生ビールを舐《な》めている大樹と、目が合った。

「先生、よりによってでしょ。でも、これも何かの縁だと思うんですよ。だから、先生からボランティアの適切な訓練が行われるまで『号泣の会』は、招致しないよう遠間市を説得して欲しいんです」

「大樹、俺にそんな力ないよ。第一、部外者の俺には、言う権利もないやろ」

「小野寺先生には、浜登《はまと》先生や、あんちゃんという頼りになる有力者がいるじゃないですか」

あの二人を有力者と言うのは微妙だが、協力はしてくれるかも知れない。だが……。

「遠間でやれなくなったら、他の場所でやるだけとちゃうかなあ。それやったら、あんまり意味ないで」

「でも、彼らに警鐘《けいしょう》を鳴らす意味で、遠間市の受け入れ拒否は、意味があるんじゃないですか」

大樹が確信的に断言した。いかにも彼らしい意見だ。遠巻きにして批判ばかりしていないで、実際に行動する。大樹には小学生の頃から、そういう行動力があった。

「川合先生、なんで、その団体の代表は、先生と会うのを拒絶しているんですか」

「分かりません。おそらくは、ウザいお節介と思われているんじゃないですかね。活動に参加している神大《しんだい》の学生も、パニックになったり、体調を崩したメンバーはいません、と言ってます」

自分たちは正しいことをしているんだから、外野にとやかく言われたくないということか。だったら、なおさら遠間が受け入れを拒否しても、効果はないだろう。

「こういうのって、やっぱりＰＴＳＤの専門家に警告してもらうのがいいんじゃないの。例えば、川合先生の指導教授とかに」

「さすがにウチの教授に、遠間まで出張《でば》ってくださいとは言えません。なんとか、彼らを神戸に連れ戻したいんですが」

だったら、傾聴ボランティアの誰かに異常が出てくれるのが、一番の近道ではないのだろうか。

こういうタイプの若者は、痛い思いをしない限り、反省しない気がする。

そういえば、今、さつきが遠間にいる。あいつなら、彼らを、こっぴどく叱り飛ばしてくれるかも知れない。

携帯電話が鳴って大樹が、席を外した。

「実は、知り合いが今、遠間にいます。彼女は、震災直後に遠間市にボランティア団体を率《ひき》いて」

「えっ！」と声を上げて、大樹がフリーズしたのだ。先に動いたのは、川合の方だった。

そこまで話して小野寺は、店の片隅で電話に出ていた大樹の異変に気づいた。

「どうしたの？」

彼女が、大樹の肩を抱えるようにして接すると、大樹が我に返った。

「貴大《たかひろ》おじさんが、亡くなったって……」

川合が電話を替わった。

「大樹、大丈夫か？」

大樹の唇が震え、それが両肩にまで広がった。

「小野寺先生、大樹君の叔父《おじ》さんが急死されたって、連絡がありまして」

電話を終えた川合が言った。

5

電話は、西宮《にしのみや》署からだった。大樹の父方の叔父が、高層マンションの建設現場から飛び降りたという。すぐに病院に運ばれたが、手遅れだったらしい。

三人はただちに店を出た。

電車に飛び乗った後は、誰も口をきかなかった。大樹は、川合の手を強く握りしめている。

亡くなった大樹の叔父、庄司貴大は、遠間市の消防士だった。震災の時は、消防署に詰めていて、災害対応に追われた。そして、一息ついた時に、妻と娘が行方不明なのを知らされる。妻が保育園に娘を迎えに行って、二人とも津波に呑まれたという。

だが、貴大は甚大な被害を受けた遠間市内で、人命救助を続けた。そして、発災から三日後、遠く離れた場所で、妻と娘の遺体が発見された。

発見したのは、貴大自身だった。

火葬場が震災で機能不全になったため、二人を荼毘《だび》に付すこともできず、発見から三週間後にようやく土葬された。

その間も貴大は、仕事を続けた。そして、勤務が終わると、遺体安置所の二人の棺《ひつぎ》の前で眠った。

土葬された翌日、叔父は街を去った。親族さえも行方を知らなかった。

貴大が関西にいると分かったのは、大樹が高校二年の時だ。貴大の姉の元に、年賀状が届いたのだ。

そこには、兵庫県西宮市に住んでいるとあった。

大樹は、大好きな叔父に会いたくて、伯母《おば》と一緒に訪ねた。

六年ぶりの再会だったが、その変わりように、大樹は愕然《がくぜん》とした。まだ、三十代半《なか》ばのはずだったが、すっかり老《ふ》け込んでいた。目もうつろだった。

姉と甥《おい》の姿を見ると、貴大は声を上げて泣いた。そして西宮市内の建設会社で働いていると語った。

以降、大樹は貴大の元に通うようになり、貴大は少しずつ元気を取り戻した。そして、先週、小野寺は大樹から「一緒に暮らすことにしました」という報告を受けた。

貴大が新たに住む社宅が、４ＬＤＫもある広い部屋で、大樹にとっては通学の所要時間が半分以下になるのも魅力だった。

そんな矢先の訃報《ふほう》だった。

警察から「高層マンションの建設現場から飛び降りた」と言われた以上、自殺の可能性が高かった。

慕《した》っていた叔父の死だけではなく、死因が自殺というのは、大樹にとって耐えられない辛さに違いない。


ＪＲ西宮駅からタクシーに乗ったところで、大樹が口を開いた。

「僕にとって貴ちゃんは、年の離れた兄のような存在でした。幼い頃に祖父が死んでいるので、僕の父が、親代わりだったみたいです。しょっちゅう、うちに来てくれて、一緒に野球したり、ハイキングに連れて行ってもらったりもしました」

大樹のしっかりとした口調を聞いて、小野寺は安堵した。

「叔父の夢は、いつかアイガー北壁を登ることでした。父の影響です。父は、学生時代は山岳部員で、日本の名峰《めいほう》にたくさん登ったそうです。そして、スイスのアイガーの北壁に挑もうとしたトレーニング中に、大怪我をして断念。以来、山に登らなくなってしまいました。

貴ちゃんは、その父の夢を引き継ぐんだと話していました」

標高こそ三九七〇メートルと富士山とさほど変わらないのだが、アイガーには一八〇〇メートルにも及ぶ岩壁があり、超難所として有名だった。

貴大が消防士になったのも、仕事としての訓練が、クライミングのトレーニングになるからだったという。

「貴ちゃんは、ずっと僕の父に世話になりっぱなしだし、勉強も運動も何一つ勝てないので、アイガーの北壁を登攀《とうはん》して見返してやるんだって、言ってました。小学生の僕にも、北壁の写真を何度も見せてくれました。消防士って、消防署の壁を登ったりするじゃないですか。貴ちゃんは、他の消防士さんが絶対に無理な速度で、登っちゃうんですよ」

大樹は、そういう貴大を「かっこいい」と思ったそうだ。

大樹が五年生になったら、一緒に蔵王《ざおう》に登るはずだったのに、その直前に、大震災が起きてしまった。

そして、大樹も貴大も大切な家族を失った。

「両親と妹を失った時、僕は貴ちゃんに一緒にいて欲しかった。でも、貴ちゃんは、消防士として、人命救助に当たりました。自分で家族の遺体を発見しても、悲しんだのは、その日一日だけでした。

なんで、僕のそばにいてくれないんだ！　って何度も怒りをぶつけました。そのたびに、貴ちゃんからは、『もしかしたら、今、救助できたら、生きられるかも知れない人がいるんだ。そういう人を助けるのが、僕らの仕事だから。大樹は強いから、もう少し辛抱《しんぼう》してくれ』と言われました」

小野寺は、大樹のＰＴＳＤを心配したが、川合が、大樹の背中を優しく撫《な》でているのを見て、彼女に任せることにした。

「貴ちゃんが遠間を捨てたのは、僕のせいなんです」

「そんなことは、ないやろ。叔父さんが、自分で決めてたことやと思うで」

「死んだ家族だけではなく、生きている家族にも眼を向けて欲しいと、訴えたんです。僕はあの頃、寂しくて辛くて苦しかった。だから、そう怒りをぶつけたんだと思います」

その時、貴大は何度も「ごめんな、自分のことしか考えられなくて、ごめん」と泣きながら謝ったのだという。そして遠間から消えた。

大樹にとって、最後の心の支えを失った瞬間でもあった。

病院に到着すると、刑事が待っていた。

「すみません、ちょっと今、処置中でして」

「処置って」

すっかり参《まい》っている大樹の代わりに、小野寺が尋ねた。

「検死です。なので、少しだけお待ちください」

刑事はそう言うと、大樹に封筒を差し出した。

「飛び降りたと思われる場所に、靴と一緒に置いてありました」

白い封筒の表には「大樹へ」と書かれていた。

大樹はもどかしそうに手紙を広げ――便箋《びんせん》を手にしたまま床の上に崩れ落ちた。嗚咽《おえつ》は、激しい泣き声となった。

大樹が落とした便箋には、メッセージが二行だけ記されていた――

〝大樹、ごめん。

俺、やっぱり乗り越えられんかった〟

6

「こんな洒落《しゃれ》たお店も、知ってるんですね」

さつきは嫌みっぽく感心した。いわゆるオーセンティック・バーというやつだ。

細長いカウンターと小さな四人掛けのテーブル席があるだけの店だ。間接照明だけのほの暗い店内に、キース・ジャレットの渋いピアノソロが流れている。

「まあね。俺だってたまには、一人で飲みたい時もあんだよなー」

「そりゃあそうですね。普段、暑苦しいくらい三六〇度に元気を振りまいてるんですから」

　中井は苦笑いを浮かべて、「竹鶴《たけつる》」の入ったロックグラスを、口元に運んだ。

「でも、そんなとっておきの場所に、私を連れてきてよかったんですか」

「ダメな理由ある？」

「私、嫌われているでしょ」

「それは、俺の台詞《せりふ》だろ。俺は、あんたには尊敬の念しかないよ」

　よく言うわ。遠間でボランティア活動していた時は、私のことを「風紀委員長」って呼んで、バカにしていたくせに。

「それは、どうも。私も、中井さんには、尊敬の念しかありませんけど」

「じゃあ、互いの尊敬の念に乾杯」

　さつきは、素直に応じ、「ボウモア」を舐めた。

「でも、さっき久しぶりに、『風紀委員長』って言葉を思い出したよ。言いたいことを理性的にピシッて告げる。さすがっす」

やっぱり、嫌みな奴だ。

「これ、俺の褒《ほ》め言葉だからな。それに、昔より丸くなったよな。押しつけがましくなくなった」

「中井さんは、昔とちっとも変わらない」

「そうでもないぜ。でもさあ、いいことしているんだって信じ込むと、周囲の声を無視できちゃう奴が多すぎるよなー」

「いいことは、無敵だからですよ」

「でも、本当にいいことなのかって、疑わねえのかな」

「疑わないと思いますよ。意識高い人は自信満々ですから。だから、タチが悪い」

「まったくだよ。何が『号泣の会』だよ。人の心をなめんなよ。俺、こんな馬鹿なことやめちまえって怒鳴《どな》ってやろうかと思ったよ」

さつきも、中井ならやりかねないと思っていた。いや、期待していた。

「怒鳴れば良かったのに」

「だよなー。でも、そういう瞬発力が出なかったんだよ。俺も年取ったってことかな」

逃げたな。もっとちゃんと理由があるはずだ。

小野寺ほどではないが、さつきなりに中井を評価している。見た目はがさつだが、根は繊細で優しい眼を持つ「大人」だ。そして、復興のためには何が大切かも理解している。

「俺、来年の被災一〇年を機に、『御用聞き』は引退しようと思ってんだ。ほんとは、解散したいんだけど、今じゃあ、地元の社会福祉のサポート団体として、期待されてっから、まるまる解体すんのもダメかなって」

「疲れたんですか？」

「そっ。まさに疲れた。っていうか、このところ、ずっと考えていることがあってさあ。一体、この一〇年って何だったんだろうってね。大震災でまちは無茶苦茶になった。だから、皆で助け合って、生活を取り戻そうと頑張った。けど、まちの風景は元に戻りつつあるけど、大切な部分にぽっかりと穴が空いちゃったんだよね」

何かがぽっかり――。そう言われて、さつきは神戸で体験した「あの日」のことを思い出した。確かに、どんなに頑張っても埋まらない穴がある。

「知らない間に、遠間は腑《ふ》抜けになった……ような気がするんだ。そして、それは俺たちにも責任があるんじゃないかなって思ってさ」

「どうして、中井さんたちの責任になるんです？」

「俺たちは、甘やかし過ぎたんじゃねえかって思ってさ。困ればいつでも飛んでいって助ける。ない物があれば、調達する。その結果、人々は依存体質になって、まちを支えるエネルギーみたいな……なんて言うか、地元愛がなくなったって感じ？」

「あ、そういう穴ですか。なるほどね」

「何？　他にも穴があるの？」

「あるかなーって、ちょっと思ったんです」

人の心には、いろんな穴が空いてる。埋められない穴、埋められる穴、埋めたくない穴。そして、人と人が助け合おうとする時に、それを阻《はば》む穴……。

それは、遠間だけの話ではない。

今は直接的なボランティア活動はしていないが、東日本大震災の被災地支援は続けている。そして、よく言われるのが、「こちらからの要望は特にないんですが、できたら、全部お任せしたい」という丸投げだった。

「本当に遠間が復活するための自助能力を失ってしまったんじゃねえかって思ってさ。その責任は、俺たちにある」

「だからといって、中井さんたちの活動に問題があったとは思いません。被災地だけじゃなくて、今やどの地方都市も疲弊《ひへい》して活気を失っているという面では、変わりません。みんな、誰かが何とかしてくれると思って、文句を言うばかり」

また例の痛みが込み上げそうになって、さつきは胸のロケットに触れた。

「俺たちは、もう被災者という言葉と決別するべきだと思うんだよね。誰だって泣きたいこともある。けどさ、相手を選ばず、むやみやたらに、感情をさらけ出して泣くのは、なんかヤバい気がするんだよね」

「同感です。今年は神戸のルミナリエが、新型コロナウイルスの影響で、中止になったんです。私、このまま止《や》めたらいいのにと思ってます」

震災復興を願って、一九九五年から、毎年一二月に元町から三宮までの旧居留地地区を、イルミネーションのトンネルを通り抜けるイベントだ。震災後、二五年間毎年開催され、今では、神戸の年末の風物詩となっている。

「辛辣《しんらつ》だねえ。俺、一度行ったことあるけど、すげえ綺麗《きれい》じゃん」

「観光イベントとしては、盛り上がるんですけれどね。もう、九五年の時のような鎮魂と、生きる人へのエールみたいな空気はなくなってしまった。だから、いっそ思い切ってガラリと変えたらいいのにな一って思うんです」

「なるほどな。でも、やっぱり時間がかかるのかな。東北が震災復興とか銘打《めいう》つのも、しようがないのかなあ」

カウンターの上に置いた、中井のスマートフォンが振動した。さつきに断って、中井は電話を手に店の外に出た。

——俺たちは、もう被災者という言葉と決別するべきだと思うんだよね。

中井の言葉は、阪神・淡路地区を考える意味でも、重要な発想だ。

今、神戸市民に「あなたは被災者ですか」と尋ねても、「はい」と答える人は少ない。その一方で、今なお「あの日を忘れない」いや、「忘れるな」と訴える声は大きい。

さつき自身、不意に恐怖の記憶に胸《むな》ぐらを摑《つか》まれることが今も時々ある。

そんな弱さが嫌だと吐露《とろ》した時に、小野寺は珍しく真剣に聞いてくれた。

——俺が、怖がりは最強っていうのは、単なるスローガンとちゃうで。素直に怖い！辛い！　という感情を吐き出すと楽になるねん。自分の弱さを認めることも大事やで。怖い時は、遠慮せんと怖がればええんや。そしたら、また、いつものさつきになるから。

それとな、別に震災を十字架みたいに背負《せお》うこともない。忘れられるんやったら、忘れてもええんとちゃうか。

電話を終えたらしい中井が戻ってきた。

「相原ちゃんの嫌な予感が当たったぜ。例の『号泣の会』のボランティアの一人の様子がおかしくなったって、さっきの社福の兄ちゃんが泣きついてきた」

7

貴大の検死が終わり、大樹が叔父と対面できたのは、午前零時《れい》を過ぎた頃だ。

貴大は、残業すると現場監督に告げた約一時間後に飛び降りたと、刑事が話してくれた。

地下にある霊安室は、底冷えがする。小野寺は、大樹に声をかけることもできず、ただ、壁際の椅子に並んで座ることしかできなかった。

大樹の精神状態が、心配だった。

何より、あのメッセージ――

〝大樹、ごめん。

俺、やっぱり乗り越えられんかった〟

大樹と一緒に暮らすと決めたのは、貴大が前向きに生きるという決意でもあったはずだ。だが、それを実行する直前に、貴大は人生から降りてしまった。

叔父さんの自殺は、誰のせいでもないいんや。生きる重圧に負けた人を救える人なんておらん。

「先生、ちょっと」

川合は小野寺に声をかけると、そのまま霊安室の外に出た。

「もう遅いですし、お疲れだと思うので、ここは私に任せてもらえませんか」

「いやあ、どうやろ。僕も一年足らずとはいえ、あいつの親代わりを務めたし、ちょっとあのまま置いて帰るのはなあ」

「ご心配は、分かります。でも……」

小野寺は、川合が言おうとした言葉を忖度《そんたく》した。

「僕がいない方が、いいというわけですか」

「すみません。大樹は、小野寺先生の前では、しっかりとした強い子でいようと頑張ってしまうんです」

そんなに無理してたんか、あいつは。なのに、俺はそんなことも気づかずに、親代わりとか偉そうに言うてたんやな。

「じゃあ、お任せします」

小野寺は階段を上り、真っ暗な外来の待合フロアを抜けて外に出た。

頰《ほお》にも寒さが染《し》みた。雪がちらついていた。

何で、乗り越えようとするんや。

何で、無理するんや。

「ああ、クソ！　何であんな遺書残したんや、あんたは！」

小野寺は、空を見上げ、一度も会ったことのない大樹の叔父に向かって叫んだ。

さらに激しくなってきた雪が、小野寺の口の中に吹き込んできた。

8

二人を乗せたタクシーは、ＪＲ駅前にあるビジネスホテルを目指した。いつのまにか横殴《なぐ》りの雪が降っていた。

さつきや中井が行っても、何かできるわけではない。だが、中井に迷いはなかった。

「別に、相原ちゃんは、ついてこなくていいんだぜ」とは言われたが、行きがかり上そういうわけにもいかなかった。

さつきが、またブラウスの内側にあるロケットに触れた時、中井は誰かに電話を入れた。彼が、渡良瀬《わたらせ》先生ですかと言うのが聞こえた。

「遠間第一小の養護の先生なんだけどさ、スクールカウンセラーの資格もあるから呼んだら、来てくれるって」

それで思い出した。

小野寺が「下手な精神科医より信頼できる養護の先生」と言っていた人物だった。

ならば、何とかなるかも知れない。

ホテルのロビーでは、社福の担当者と若い男が待っていた。

「ホテルから紹介してもらった内科の先生に来てもらうことにしました。それから、こちらが『号泣の会』を主催しているＮＰＯ法人代表の宮木《みやぎ》芳靖《よしやす》さんです」

担当者が男を紹介した。

「夜分にすみません。お二人は、傾聴ボランティアのトラブルにお詳しいとかで」

「おい、兄ちゃん、トラブルじゃねえだろ。傾聴ボランティアがパニックに陥りやすいのは、常識だぜ」

さっそく熱くなる中井を制して、さつきは尋ねた。

「それで、ボランティアの方の状態は？」

「だいぶ落ち着いたんですけど、飲み会のあと部屋で寝てたら、急に叫び声を上げて飛び起きて。それで意味不明《イミフ》なことを喚《わめ》き続けるんです。同室の者がびっくりして、僕に連絡してきたんです」

「その方は、どこに？」

「部屋にいます。副代表の女性が付き添っています」

「こんな時に申し訳ないんですけど、傾聴ボランティアの方は皆さん、トレーニングをされているんですか」

宮木の顔つきがこわばった。

「どういう意味ですか」

「傾聴ボランティアには、トラウマが連鎖するリスクがあるのは、ご存じですか」

「知ってますよ。だから、無理せず、気をつけるようにと伝えています」

さつきは言葉を失った。

「おい、兄ちゃん、やってるのは、それだけか」

中井がムッとして言った。

「そうですよ。そういうリスクがあるのを伝え、皆に気をつけるように言ってます。だから、無理はさせていません。気分が悪くなったら、休むようにとも言ってます」

「それは、トレーニングと言いません。今夜起きたことは、他の人にも起きる可能性があります。無論、あなたにも。だから、地元に帰ったら、ちゃんと精神科医に診《み》てもらってください」

「ちょっと待ってもらえませんか。そこまで、あなたに言われる筋合いはないでしょ」

「あるわ。私は、そういう適当なボランティアが許せない」

なんだ、この女、という敵意を剝《む》き出しにして睨《にら》まれた。

「なあ、お兄ちゃん、ボランティアの先輩として言わせてもらうけど、いいことやってんだから、万事オッケーてのは、筋違いだぜ。免許もないのに、治療行為をすればもぐりって言われるだろ。あんたたちのやってる活動も、もぐりだぜ」

中井が、宮木の胸元を何度か指で突いた。

「暴力振るわないでください」

「んだと、てめえ」と宮木の肩を摑む中井を、さつきは止めた。

「中井さん、もう帰ろう」

さつきの脳内で怒りが爆発しそうだった。胸も痛んだ。

こちらを振り向いた中井が、慌てたように、さつきを外に連れ出した。

「相原ちゃん、大丈夫か。あんた、顔色が悪いぜ。それに、昼間から気になっていたんだけど、どっか悪いんじゃないのか。今日はよく胸に手を当ててる」

「大丈夫です。これ、癖《くせ》なんです。たまに、息苦しくなる時があって、胸を押さえると、楽になるので」

本当のことは言いたくなかった。

「だったらいいけど。とにかく、今夜はもう帰った方がいいよ。送ってあげたいんだけど、俺は渡良瀬先生を待ってないと」

中井はそう言って千円札を数枚押しつけると、ホテル前に止まっていたタクシーに手を挙げた。

「ありがとう。じゃあ、そうします。明日の市役所との打ち合わせ、よろしくお願いします」

「うん。おやすみ」

タクシーのドアが閉まり、さつきは投宿先のホテルの名を告げた。

雪はさらに激しくなった。

さつきは、ロケットを取り出すと、蓋《ふた》を開いた。

大好きだった祖母と小学五年生の時のさつきが並んだ写真が現れた。祖母が、震災で亡くなる前年のクリスマスに撮った最後のツーショットだった。

辛い時、悲しい時、腹立たしい時、さつきはこのロケットに話しかけてきた。

お祖母《ばあ》ちゃんが、いつも一緒だから。お祖母ちゃんのために、私は元気に生きるんだから。そう思って、生きてきた。

いつか、そんな自己暗示をかけなくても、大丈夫になる時がくると信じている。

でも、まだ、当分はこれがないとダメのようだった。
タクシーのラジオから、「きよしこの夜」が流れてきた。

それでも、陽《ひ》は昇る

1

二〇二一年一月五日──。

小野寺《おのでら》は、神戸《こうべ》市中央区脇浜《わきはま》にある日本災害総合研究所を訪れていた。「伝プロ」事務局長を辞めた後、新たな職場を探す小野寺に、さつきが紹介してくれたのだ。

通称「日災研《にっさいけん》」と呼ばれる日本災害総合研究所は、阪神・淡路大震災を機に設立された機関で、巨大災害に対する脆弱《ぜいじゃく》性を再分析し、災害に強いまちづくりを提言している。

国や行政機関による干渉を避けるために、関西一円の企業から資金提供を受けて運営する公益財団法人だ。理事長には、元神戸大学教授の早野達吉《はやのたつきち》が就《つ》いている。

面識はなかったが、災害問題の権威として伝説的な人物である。そのような人の下《もと》で働けば、阪神・淡路大震災をどう伝えるのかという小野寺自身の課題に、ヒントを得られるのではないか──そう期待して、面談に臨んだ。

早野と神戸の縁は阪神・淡路大震災の発災直前にまで遡《さかのぼ》る。都市計画の研究者で、災害に強いまちづくりに取り組んでいた早野は、当時、兵庫県および神戸市の災害対策審議会の座長で、防災基準として「想定最大震度は震度5強」を定めた。地震学者ではない早野は、過去一〇〇年間に兵庫県内で発生した地震の最大の値《あたい》として震度5強を選んだのだ。

ところが、一九九五年一月一七日午前五時四六分に、淡路島で発生した大地震は、その想定をはるかに超える規模で、大地を揺さぶった。その値は、「震度7」。

これによって、審議会の想定震度が問題視されるようになる。

ある地震学者が、「私は震度7を超える可能性に言及したのに、早野教授から無視された」と声を上げたのだ。

さらに「会議では、想定震度については、まったく議論されず、早野教授の独断で答申決定がなされた」と言う関係者まで出てくる。

だが、早野は、いかなる非難、誹謗中傷《ひぼうちゆうしよう》に対しても、反論しなかった。そのため、震災直後からある時期まで、まるで早野が市民の命を奪った張本人のような糾弾《きゆうだん》を受けてしまう。

その後、先の審議会で、早野が「長田《ながた》地区の狭い路地では、火災時に消火活動が難しい。阪神地区は、台風による水害対策には熱心だが、地震を想定した対策には、予算を拠出しない傾向がある」と警鐘を鳴らしていたことなどが明らかになり、早野を擁護《ようご》する声が上がる。

やがて、「早野のせいで多くの命が救えなかった」発言が、早野を快《こころよ》く思わない一部委員によるデマだったと判明。尤《もっと》も当の早野は、濡れ衣が晴れても、我関せずで、独自の「災害に強いまちづくり」の提言を続けた。

また、震災直後から徹底的な被害調査を行い、甚大な被害の記録をまとめたこともあって、今では「減災《げんさい》の権威」と呼ばれ、全国からアドバイスを求める声が後を絶たない。

阪神電鉄岩屋《いわや》駅を降りて、海に向かって坂を下ると、「日本災害総合研究所」が見えてくる。正面玄関にブロンズ製の標札を掲げたそこは、まるで巨大工場のように無機質で冷たい建物だった。

インターフォンを鳴らすと、すぐに女性スタッフが現れて、「理事長との面談の前に、まず、館内をご案内します」と言われた。堀越満智子《ほりこしまちこ》と名乗った彼女は、まず展示室を案内した。先月、完成したばかりで、まだ一般には公開されていないという。

堀越が照明スイッチを入れると、巨大な塊《かたまり》が、次々と姿を現した。

なんや、これは……。

「ここに展示されているのは、阪神・淡路大震災の時に、破壊された巨大建造物の一部です。手前にあるのが、阪神高速道路の折れた橋脚です」

圧倒的な質量のコンクリート製円柱が、太い鉄筋を剝《む》き出しにして、まるで引きちぎられたように折れ曲がっている。

小野寺の脳裏《のうり》に、あの日に見た凄《すさ》まじい光景が甦《よみがえ》る。

「こんなものを保存してたんですね」

「阪神高速道路株式会社は、もっとたくさん保管していますが、その一つを、譲り受けました」

大きな写真パネルが添えられている。当時の現場写真だった。

「その隣にあるのは、六甲道駅《ろっこうみち》の折れた鉄筋です。その隣が、菅原《すがはら》市場のアーケードです」

どれも、阪神・淡路大震災で、大きな被害を受けた地点の遺構だった。

それ以外にも、燃えて車体が溶けて崩れた乗用車や、一階部分が押し潰《つぶ》された家屋まであった。

「『人防《ひとぼう》（人と防災未来センター）』にも、震災の記憶として、様々な物が展示されていますが、本当は、こうした巨大建造物の破壊の様子こそ、警鐘のための資料になると考えた早野さんだからこそ作り得たミュージアムです。来週には、メディアに公開します」

これらは長い間、日災研内で保管されていたのだが、それまでの理事長らは公開に後ろ向きだったのだという。

　早野は、兵庫県立大学に研究室を構えていたのだが、後進に道を譲りたいという理由で退《しりぞ》き、その後、日災研の理事長に就任している。

「二五年という節目を迎え、大震災を歴史的に捉《とら》え直す時が来た。だから、早野は日災研の理事長を引き受けたそうです」

　施設内には、膨大《ぼうだい》な震災の「遺跡」が陳列され、そこに状況の詳細を記した解説が添えられていた。

　それらを見学してから、二人は早野が待つ理事長室に向かった。

2

「はじめまして、小野寺です」と言い終える前に、早野が「君、車の運転は、できるんだよね」と尋ねてきた。

「はい」と返すと、「じゃあ、話は車の中でやろう」と連れ出された。

　え⁉　いきなり？

「先生、どちらに？」

堀越も慌《あわ》てて追いかけてくる。

「谷山《たにやま》さんのご自宅に呼ばれてな。小野寺君が運転してくれるそうだ」

堀越が助け舟を出してくれるかと期待したが、甘かった。堀越は踵《きびす》を返して、車のキーを取りに行った。

「あの、理事長、今日は面談では……？」

「移動中にするよ。それに、一緒に来たら、私が君に何を求めているのか分かるだろう」

そうかも知れんけど……。

「とにかく、運転を頼む」

もしかして俺は運転手として採用されるのかという懸念を飲み込んで、エレベーターに乗り込んだ。

エレベーターを降りると、早野の携帯電話が鳴り、その場で話し込みだした。堀越と三人で、

「いつも、あんな調子なんですか」

「一秒たりとも時間を無駄にしたくない方なんで、こんなことになるんですけど、悪気はありません。それに、大事な話はきちんと聞いてますから」

つまり、天然ってことか。

堀越は、駐車していたボルボのドアを開けた。これで車検は通るのかと思われるほど、

くたびれた車だった。ボディの色は、元は赤だったのだろうが、汚れすぎて全体が白っぽい。

「必ず暖機《だんき》してくださいね。気温が下がると、エンジンが掛かりにくい時があるんです」

堀越が運転席に乗り込んで、イグニッションキーをひねると、喘《あえ》ぐようにエンジンが動き出した。

「カーナビは付いていませんが、理事長がナビしてくれます。市内の道で知らない道はないはずですので。いってらっしゃいませ」

堀越に明るく見送られた。

まあ、こうなったら成り行き任せやな。

さっさと車に乗り込んできた早野は、大きな革張りのノートを開いて告げた。

「六甲アイランドに行ってくれ」

「さて、話を聞こうか」

ボルボがハーバーハイウェイに入ったところで、早野が言った。ひょろりとした長身でひ弱そうに見えるのに、やたらと威圧感があった。

「小野寺徹平《てっぺい》と言います」

「基礎データは、結構。君は、日災研で何をやりたい?」

やりたいというより、理事長の助手志望なんやけどな。

「私は、神戸市内で約二〇年余り、小学校教諭をしてました。それで」

「基礎データは、不要だと言ったろう。遠間《とおま》第一小学校のことも、そこで君が何をしてきたかも、だいたいは知っている。私が聞きたいのは、そんな君が、日災研で何をやりたいかだ」

世の中には、直球過ぎて面倒な人もおるんやな。

「遠間市で応援教師を務めてようやく、阪神・淡路大震災について、私自身は何も知らなかったことに気づきました。被災者の支えになろうとしましたが、全然力不足やったんです。私自身も被災した〝阪神〟の経験は、この先も防災の指標として役に立つと思うんです。そのために、もう一度勉強しなおしたい、と考えました」

「そんな理由なら、君に給料を払う意味がないだろう。私は、助手を必要としているんであって、学生を求めていない」

なんか、やりにくいなあ。要するに、早野さんは余白のない人なんやな。

「おっしゃるとおりですね。では改めて。理事長が抱えていらっしゃる膨大な雑事のいくらかを、私がお手伝いできれば、と思って押しかけました」

「ほお、私が抱えている膨大な雑事とは、具体的に何を指《さ》すんだ」

「それは、おいおい見つけます。私が聞いたところでは、理事長は、阪神・淡路大震災で伝えなければならないものと事実を、吟味《ぎんみ》して公開することに専念するために、大学をお辞めになったと聞いています。だとすれば、それ以外が、雑事ではないんですか」

「上手《うま》いこと言うなあ。じゃあ、今日一日つきあってもらって、その雑事が何かを選んでくれ」

ボルボが、六甲アイランドに入った。神戸市がポートアイランドに続く第二の人工島として誕生させたのが、六甲アイランドだった。「夢のベッドタウン」と銘打《めいう》った人工島は、ショッピングセンターやホテルが建ち並び、高層マンションや高級住宅が美しく配された。

ところが、九五年の震災で、至るところで液状化が起きた。さらに、本土と島を繋《つな》ぐ橋が通行止めとなり、長期にわたり孤島と化した。

その結果、人口減少に歯止めが利《き》かなくなり、かつての賑いはすっかり遠のいてしまった。

早野の的確なナビゲーションで、高層マンションの前に到着した。

「駐禁《ちゅうきん》取られませんか」と尋ねると、早野はグローブボックスの上にあった紙を裏返した。〝禁止指定除外車〟と書かれてある。

「短時間なら、これで駐車オッケーだ」

紙にもそう書かれてあるもんな。小野寺はそれ以上の質問はせず、車を降りた。

早野が訪ねたのは、高層階の一室だった。

「まあ、早野先生、来てくださったんですね」

上品な老婦人が笑顔で迎えてくれた。

「いやあ、どうもどうも。大変、お待たせして申し訳ありません」

早野は、車内の横柄《おうへい》な態度とは別人のように優しげだ。

部屋に上がると、ムッとするほど暑い。

早野は「先にお参りをさせてください」と言って、応接間の隣室に当たる和室に入った。

立派な仏壇が安置されていた。仏壇には、若い夫婦と赤ん坊の写真、そして、夫人の連れあいと思われる白髪《しらが》頭の男性の写真もあった。早野は線香に火を灯《とも》し、鈴《りん》を鳴らし、手を合わせた。小野寺も倣《なら》った。

それから応接間に移ると、早野はニコニコして夫人の話を聞いている。

小野寺は、所在なげに、室内を見渡した。

室内は物で溢《あふ》れていた。赤ん坊のおもちゃから、錆《さ》びた目覚まし時計、土産《みやげ》物屋で売っていそうな五重塔やキーホルダーなども無数にある。そして、写真立てに入ったたくさんのスナップ写真が並んでいる。

老婦人が、紅茶とクッキーをお盆に載せて戻ってきた。

「何もありませんが、召し上がってください」

紅茶はとても甘かったが、贅沢《ぜいたく》は言うまい。

「こちらの方は？」

ようやく老婦人は、小野寺に気づいてくれた。

「新しい助手の小野寺君です」

「まあ。随分、お年を召した助手さんなのね」

小野寺は愛想《あいそ》笑いを返すしかない。

「ところで先日、夫の遺品を整理していたら、こんなものが出てきましてね」

テーブルの上にあった分厚い日記帳を、老婦人は差し出した。

早野が老眼鏡をかけて、日記帳を開いた。

「主人が日記をつけていたことも知りませんでした。震災の日から書いているんですよ。なので、早野さんの研究のお役に立つんじゃないかと思いまして」

「確かに、平成七年一月一七日から、始まっていますな。とても貴重な資料だと思います」

「差し上げます。有効に使ってください」

「こんな貴重なものは戴《いただ》けません。コピーして、お返しします」

「いえ、私、読みたくないんです。だって、また、嫌な記憶が甦ってくるでしょう。それに、そこに私に対する不満とか書かれていたら、嫌じゃありませんか。なので、差し上げます」

「そうですか。では、頂戴《ちょうだい》します。しっかりと拝読致します」

「それから、一つお願いがあります。『1・17のつどい』で使う竹灯籠《たけどうろう》が、今年は不足しているそうなんです。なんとか、なりませんか」

毎年、一月一七日午前五時四六分、中央区の東《ひがし》遊園地で、「1・17のつどい」という慰霊祭が行われている。竹灯籠を何百本と並べて「1・17」という文字を形作る。ところが灯籠にする竹が不足しているらしい。

「それは、困りましたな。分かりました。私の方で、手配してみましょう」

早野は残りの紅茶を一気に飲み干して、立ち上がった。

「では、これで失礼します」

「あら、もう行かれるの？　ゆっくりしていってくださいな」

「申し訳ありません。まだ、寄るところがありまして」

「早野さんは人気者だから、独り占めしてはいけないわね」

3

車に戻ると、早野は「唐櫃《からと》に行ってくれ」と言った。

今度は有馬《ありま》か。六甲山の向こう側だ。

エンジンは、今回も喘ぎながらも、一発で掛かってくれた。

六甲大橋を渡ったところで、小野寺は我慢できずに、早野に尋ねた。

「さっきの方は、どういう方なんですか」

「谷山登喜子《ときこ》さんと言ってね。震災で、娘夫婦と生後七ヶ月のお孫さんを失った。忘れもしない一九九五年八月三日の午後だった。突然、私の自宅に電話が掛かってきてね。娘夫婦と孫が死んだのは、あなたのせいです。死んで詫《わ》びなさい、と言われた」

「えっ！　どういう意味ですか」

「亡くなった娘さん一家は、灘《なだ》区のマンションの一階に住んでいた。震災で、一階部分が押し潰されてしまったんだ。そのマンションは、震度5強の耐震基準で建設されていたんだが、実際は……」

震度7だった。

「でも、それが、何で理事長のせいになるんですか」

「私は災害対策審議会の座長だったからね、会が神戸で発生する地震は、最大でも震度5強だと想定したということは、すなわち私の責任だからだろうね」

かつて、早野が批判に晒《さら》されたのは知っている。だが、いくら何でも、娘一家を殺したというのは、あまりにも無茶な話じゃないか。

「登喜子さんからすれば、我々が想定震度を7にしていたら、そのレベルの耐震マンションを探したのに、となる。弁解の余地はないだろう」

「いや、いくらでも弁解できますやん。地震による被害は、誰のせいでもないでしょう」

「だが、私には、結果責任がある」

「その発言、先生はいろんな所でなさっていますよね。けど、自然現象を全て正確に予測しろって、どだい無理な話です。想定震度を超える地震が起きたからといって、予測した人を非難するのは、言いがかりも甚《はなは》だしい」

「一応言っておくが、私自身が想定したわけではない。政府基準で、過去一〇〇年間で最大の震度を基準にして、耐震対策を行うというルールに従ったまでだ」

「だとしたら、なおさらじゃないですか。それは、どう考えても八《や》つ当たりですよ」

「大規模災害で大切な人を失った時、その原因を追求したくなるものだ。それは、君自身も痛感しているだろう。そもそも東北では、自分一人が生き残ってしまったと罪の意識を感じる人に、そういう発想をしてはいけないと、励ましたんじゃないのかね」

「それとは、話の筋が違いますやん」

「君がどう思おうと勝手だ。いずれにしても、私はあの夏の日に受けた谷山さんの罵倒《ばとう》を、この二五年間に一日たりとも忘れたことがない。都市計画や災害学の学者仲間にどのように非難されようと気にもならなかったが、登喜子さんからの電話は辛《つら》かった」

それは、当然やろうな。

いきなり電話がかかってきて、身内があんたのせいで死んだから責任を取って死ね、なんて、ありえへん。

「そんな酷《ひど》いことを言われたのに、今でもお付き合いされているんですね」

「そうだ。私は、電話を受けた時、お会いしてお詫びしたいと言ったんだ」

「勇気ありますね」

「勇気じゃない。そうするのが、責任だ。すぐにご自宅にお邪魔したら、ご主人もいらっしゃってね。登喜子さんは、私の顔を見るなり泣き出されて、本当に酷いことを言ったと、何度も何度も謝るんだ」

夫が、登喜子を叱《しか》ったのだという。娘一家が亡くなったのは大地震のせいで、早野さんのせいではないと。

「でもな、私からすれば、詰《なじ》られる方が楽だった。謝罪が、あんなに辛《つら》いものとは思っていなかった」

谷山の娘一家は、出産を機に転居を決めた。登喜子は、もっと日当たりがよく、広い部屋を勧めたが、一ヶ月当たりの家賃が三万円ほど高くなるといって、娘夫婦は首を縦に振らなかった。

「あの時、家賃を補助してあげるから、広い物件にしなさいともっと強く言っていたら、娘たちは死ななくて済んだ。震災後、登喜子さんは、ずっとご自分を責めていたそうだ」

そんな時に、震災前年の審議会で、想定震度が5強だったという新聞記事を読んだ。そして、悪いのは、審議会の座長である早野達吉だと決めつけたのだという。

「たまらん話ですね。だから、理事長に責任転嫁したかった」

「いや、責任転嫁じゃない。私には、厳然たる結果責任があったんだよ」

4

六甲山の北側に位置する老人ホームに到着すると、エンジンを止める前に早野はさっさと車を降りた。小野寺は、無駄口を叩かず続く。

ロビーに入ると、受付の女性から「早野先生、あけましておめでとうございます」と声をかけられた。

「冨野《とみの》さんは？」

「サンルームだと思いますけど」

勝手知ったる場所のようで、早野は廊下を進み、ガラス張りの部屋に入った。

入所者が集まるダイニングルームらしく、窓際には、座り心地の良さそうなソファが並んでいる。

「冨野さん、あけましておめでとう」

一番奥のテーブル席にぽつんと一人座って、数独《すうどく》パズルをしている男性に早野が声をかけた。

「あっ、先生！」

老人は立ち上がって、敬礼した。

「冨野新蔵《しんぞう》さんは、震災当時、消防本部の救命担当部長だった。冨野さん、彼は新しい助手の小野寺さんだ」

「ご苦労さまです！」

小野寺に向かっても、冨野老人は敬礼した。

ちょっと、ボケてはんのかな。

「調子はどうですか」

「よくありませんな。でも、ようやく皆さんの元に行けると思うと嬉しくもあります」

「何を言ってるんですか。あなたは、日本で最初にトリアージの英断を下した人だ。その先駆者として、当時のことをしっかりと語り続けてくれないと困るよ」

「いやあ、もうボケが酷くてね。いくら数独やっても、頭の中の靄《もや》は深くなるばかりですよ。そろそろ、お役御免というところです」

「そんなことを、言いなさんな」

急に冨野老人が、早野の手を摑《つか》んだ。

「先生、本当に、私のしたことは良かったんでしょうか」

「良かったに決まっていじゃないか」

ほどある。

「じゃあ、寝るたびに、地面の底から助けてって声が聞こえるのは、なぜですか」

阪神・淡路大震災では、家屋が崩落して、住人が生き埋めになった事例が数えきれない

さらに、生き埋めになっているのが分かっていても、救出を見送ったケースも少なくなかった。一人でも多くの人を救うための優先順位を、発災後に定めたのだ。

「ここに、息子と娘がいるから、助けて欲しい！」と叫ぶ家族を振り切って、次の倒壊現場に移動する消防隊員たちの心境を思うだけで、心が痛む。

おそらく、冨野は、救出する時の判断基準を決めた責任者だったのだろう。

認知症が進んでいても、その時の痛みからは逃れられない——。

「冨野さん、誰もあんたを恨《うら》んでなんかいないよ。むしろ、あんたの英断が、多くの人を救ったんだ。それを誇りに思ってくれないと、これから災害救助に取り組もうという後輩たちが自信をなくすぞ」

「ああ、そうやね。俺が弱音をはいたらあかんのや。先生、そうやった」

力なく同じ言葉を繰り返す冨野を見ていられず、小野寺は席を外した。

これもまた、「結果責任」なのだろうか。

死力を尽くしても、救えない命がある。なのに、自分の判断についてずっと悩み続ける

なんて、辛すぎる。

たとえ世界一の都市計画と災害対策の権威だったとしても、予測がつかないのが、自然災害なのではないのか。その責任を、二六年近くも背負《せお》い続けるとは、なんて過酷な試練なんや。

「冨野さんは、ずっとご自身の判断を悔《く》いてらっしゃるんですか」

日災研に戻る途上で、小野寺は尋ねた。

「悔いてはいないよ。彼の判断は、正しかった。今では、常識となっている識別救急《トリアージ》が、〝阪神〟の時はまだ、一般的ではなかった。あの時に、救助する優先順位をつけよと命じた冨野さんの英断が、多くの人の命を救ったんだ。彼は英雄なんだよ。ご自身でもそれは自覚されている」

「なのに、結果責任なんですか」

「そうだ。救えなかった命があったのも、事実だからな。だが、冨野さん以上に責任があるのは、私の方だ」

「なんで、救命判断についてまで、理事長が責任を感じなあかんのですか」

「〝阪神〟が起きるまで、建築学では、木造建築は地震に強いとされていたんだ。家屋が倒壊しても、梁《はり》や大黒柱などが折り重なるように崩れるので、様々な隙間《すきま》が出来、それによって命が救われる可能性が高いと考えられていた。

だが、あの時の震災は、激甚すぎて、文字通り建物をぺしゃんこに押し潰してしまった。隙間なんて出来ようもなかったんだ」

「当時は、7なんていう震度は想定してなかったんですよ。だったら、その先の被害も、想像できなくて当然とちゃうんですか」

「震災後に、地震発生装置で、震度7の倒壊実験をしたんだ。すると、木造家屋は、跡形もなく押し潰されてしまった。つまり、震度7までの実験をしていれば、我々の想定は変わったかも知れないんだ」

「理事長、だからといって、何でもかんでも責任を背負う必要はないでしょう」

「結果が、全てなんだよ」

5

さらに二ヶ所回って、すっかり日が暮れた頃に、ようやくその日の予定は終了した。

理事長室に戻ると、堀越が二人に、熱く香ばしいほうじ茶を淹《い》れてくれた。わらび餅《もち》まで添えられている。

「ああ、生き返ったあ。このお茶美味《おい》しいですね」

「さて、君にできそうな雑事があったかね？」

「いや、なかなか。本当は、理事長が一番なさりたいことを考えると、今日の仕事は全部雑事です。けど、皆さん、早野さんに会いたくて呼び出しているわけでしょ。誰かが代わったりできません。同時に、代わりを務める人が必要だとも強く思いました」

「なぜだね？　私が背負っている物が、重すぎるからかね？」

「理事長、今、おいくつですか」

「八二歳だ」

「理事長との深い絆《きずな》を結んでらっしゃる方の中には、もっと若い世代もいますよね。だったら、いずれその人たちは、大切な人を失うことになりませんか」

「私が死んだら、どうするんだという話かね？」

「明らかに、皆さん、理事長に頼り切っています。それが、心配です」

「それを君がやるのかね？」

「私一人では無理です。もっと大勢――できれば、若い世代を巻き込んだらどうでしょうか」

小野寺の脳裏には、「チーム縁《えにし》」の村尾宏美《むらおひろみ》の顔が浮かんでいた。

「君に、できるなら、ぜひやってくれ」

「できるかどうかではなく、やらなくちゃダメだと思います」

「それは、頼もしい。ただし、うちで働きたいなら当分は、私の付き人として行動を共にしてもらうよ」

「それは、私は助手として合格したということですか」

「助手じゃないな。補佐役だ」

やることは変わらないと思ったので、何が違うのかは尋ねなかった。

「じゃあ、採用祝いに、一杯どうだ？」

6

二人は、阪神岩屋駅前の縄暖簾《なわのれん》を潜《くぐ》った。

早野の行きつけの店らしく、小上がりの座敷に通された。

「今日、ご一緒していて、『結果責任』について、ずっと考え続けていました」

熱燗《あつかん》で乾杯してから、小野寺は切り出した。

「で、答えは出たのか」

「いえ、全然。考えれば考えるほど、分からんようになりました」

早野は、酒を口に運ぶ。何となく続いた沈黙が嫌で、小野寺が言葉を継いだ。

「そんな重たいもの、背負ってはる理事長も不思議な人ですけど、理事長を非難した人たちと心の交流のようなものが続いているのも、妙な現象やと思いました」

「結果責任を背負うのは、別に十字架に縛《しば》られているわけじゃないんだ。恨みをぶつける相手がいたことで、あの人たちは生きてこられた。そして、今では彼らのお陰で私が生きていられる」

「どういう意味ですか」

「結果責任とはいえ、震災で多くの人の命を奪った責任を負えと言われた時は、死んで詫びるしかないと思った。

けどな、たとえ身に覚えがなくても、公職者として責任があるというのであれば、ちゃんと落とし前をつけるのが先決だと考えた。だから、どれだけ酷いことを言われても、対話を続け、私の不明を詫びた。

ところで『屋根の上のバイオリン弾《ひ》き』というミュージカルを知ってるかね？」

強引に話題を変える人やなあ。

「タイトルぐらいは、知ってます。森繁久彌《もりしげひさや》さんが、演じていたやつですよね」

いきなり早野は、英語で歌い始めた。驚くほど上手だった。

「陽《ひ》は昇り、陽は沈む。時は移る。喜び悲しみを乗せて流れゆく――という歌詞こそが、この二五年で私が行き着いた境地だよ」

「多くの人の喪失感も、罪悪感も、それを共有する人がいれば、少しずつ癒《い》やされる。それが、年月というもんだ。私が結果責任を背負ってやれることは、私に怒りをぶつける人たちの思いを受け止め、どうしようもない思いに耳を傾ける。その程度だ。

けど、それが互いを生かしてきたんじゃないか。そう思い始めている」

おっさん、それはカッコ良すぎやで。

「神戸の被災経験から、他の被災地に伝えるものとは何か――それについて君はずっと悩んでいるそうだね」

「悩んでいるというか、五里霧中《ごりむちゆう》です」

「私も、似たようなことを考え続けている」

「ほんまですか。それで、何か答えは見つかりましたか」

早野は、また酒を舐《な》めた。

「そんなもんは、一生見つからんかも知れん」

でも、この人は、被災者と向き合い続けている。

震災の被害は、誰のせいでもない。でも、選択したものによって、大きな悲劇が生まれたのも事実だ。そして、人は、それを失敗だと言って悔やみ苦しんでいる。

そこから眼を逸らさない早野の生き様が、多くの人々の悔恨《かいこん》を和《やわ》らげ、そして早野自身をも生かしてきたのかも知れない。

生きるって、面倒なことやな。

ポケットに放り込んでいたスマホが振動した。さっきからだった。

〝早野先生から、合流しないかというお誘いが来たので、今からそちらに参ります〟

旋風機

1

二〇二一年三月八日――。

小野寺《おのでら》は、漁船に乗っていた。遠間《とおま》市波春《はばる》の漁協が実施する「漁業体験船」に参加したのだ。冬期は一般募集を中止しているのだが、この日出航したのは操業再開を前にしたテストのためだ。そこに、明日開催される市主催のプロジェクトミーティングの関係者らが招待されたのだ。

小野寺は断ったのだが、神戸《こうべ》から一緒に来た年寄りが「俺は、乗せてもらうで」と言い出して、つきあわざるを得なくなった。

体験船は、中古の漁船を改造したもので、漁業体験の合い間には暖房の効《き》いた船内でくつろげる。

三月に入ったとはいえ、外気温は氷点下だ。

波を見てるだけで酔いそうやし、暖房ガンガンにかけてんのに、冷気が忍び込んできて、骨がきしむほど凍えている。

今日は一歩たりとも甲板《かんぱん》には出たくないと思っている小野寺の隣で、神戸の年寄りは好奇心いっぱいで漁師たちを動画撮影していた。

「冬の海ってええな。気持ちが引き締まるわ」

神戸市長田区《ながたく》で惣菜屋《そうざいや》を営《いとな》む「コロッケおじさん」こと、大西賛平《おおにしさんぺい》は、子どものようにはしゃいでいる。

大西は、一九九五年の阪神・淡路大震災で店舗兼住居が全壊し、妻と息子を亡くした。大切なものを全て失いながら、地元の復興に情熱を注いできた。

「めちゃウマ!」と地元で評判のコロッケを屋台に積んで、余震に怯《おび》える神戸のあちこちで配り、「コロッケおじさん」と呼ばれる有名人になった。

また地元の復興計画協議会の議長になって地域復興に全力を注いだ。住民にとっては不本意な決着となったものの、行政が建設した巨大な店舗付マンションの一角で惣菜屋を再開し、「心の被災者になるな」と周囲を励まし、地域の活動に積極的に関わり続けている。

東日本大震災の時も、第一報を聞くやいなや、軽トラを改造してコロッケ用の屋台を仕立てて、被災地を回り、地元の商店街復興に一役買った。

阪神・淡路大震災の時は「若手経営者」と言われた大西も、既に六七歳だ。それでも「年齢は、気持ち次第や!」と言って元気溌剌《はつらつ》だった。

「皆さん、大変お待たせしました。ただいまより底引網漁《そこびきあみ》を体験していただきます」

二人の学生ボランティアを引き連れた男が、言った。〝波春の王子〟と呼ばれる波春漁業協同組合長の鬼頭太郎《きとうたろう》だ。

漁業体験の仕掛け人であり、また、遠間市波春地区を復興の成功例として全国に知らしめた功労者である。

「お天気に恵まれ、波も穏やかな絶好の漁日和《びより》です。皆さんの日頃の行いが良いからですよ！　楽しんでくださいね。気分が悪くなったり、寒いなと思ったら、スタッフにお声がけください。また、船内に残りたいという方はご自由に。まったく問題ありません」

スタッフが軍手と、その上に嵌《は》める作業用ゴム手袋を配って回る。

「本日のお目当てのキチジは、網にいっぱい掛かっているようです。楽しみにしてください」

キチジは冬の太平洋に多く、底引網で漁獲される。

「徹平《てっぺい》ちゃん、ほな、覚悟決めて行こか」

大西に引きずられるようにして、小野寺は甲板に出た。

凍り付くような冷たい突風が襲ってきて、顔が、痛い。

どこが穏やかな漁日和やねん！

2

遠間市では、震災から一〇年を数える二〇二一年四月、「復興から覚醒へＴＯＭＡ２０２６」というプロジェクトをスタートする。

アメリカのＩＴ企業が運営する財団から、総額二〇〇〇万ドル、約二〇億円の寄付を五年にわたって受けることが決まったからだ。

国政府に頼らず、自前の復興を目指す地域に対して交付しようという基金で、世界で一〇〇以上のエントリーの中から僅《わず》か七地区しか選ばれない難関を、遠間市が突破したとあんちゃんが自慢していた。

寄付金獲得の立役者《たてやくしゃ》も、昨日、漁業体験を案内してくれた鬼頭太郎だ。

太郎の家は遠間市波春地区の網元《あみもと》で、かつては遠洋漁業船を保有していたそうである。

幼児の頃から弁が立つ神童で、トンビがタカを産んだと言われたらしい。リアス式海岸の高い崖《がけ》に囲まれてどこにいても海が見える波春地区の子どもたちは皆、中学生になると家を出て下宿する。

ずば抜けて成績が良かった太郎は、東京の私立中学校に進学し、やがて東大理科二類を目指す。進路指導では理科三類を受験して医学部を目指せと言われたが、本人は「先端漁業を学んで、地元に寄与したい」との理由で理科二類を選んだという。ところが、大学入学後に法学部専攻に変更し、卒業後はハーバード大のロースクールに進んだ変わり種だ。

東日本大震災の発生時は、ロースクールの一年生で、父親から「今戻っても、何の役にも立たない。そちらでしっかり勉強しろ」と言われて帰国しなかったそうだ。

ロースクール修了後、アメリカ有数の経営コンサルティングファームにスカウトされた太郎はアメリカで働き続け、本人はもちろん家族も、太郎はアメリカに骨を埋めるだろうと思っていた。ところが五年後に事情が一変する。

波春は、遠間市内で最も被害が甚大《じんだい》だった地区で、住民の半数が亡くなり、家屋と事業所の八割が津波で破壊された。

波春地区は主要交通手段は船と、遠間市に続くトンネル一本だけという、いわば陸の孤島だった。ところが陸路の命綱であるトンネルが震災で崩落、物資輸送の手段は空路と海路に限られて、復興は困難を極めた。

長年漁協長を務め、人望も厚かった太郎の父、大介《だいすけ》らの奮闘で、波春は復興に取りかかるも、その途《と》で大介が急逝《きゅうせい》。太郎は急遽《きゅうきょ》、帰国して、父の後を継いだのだ。

漁業体験の翌日に予定されたミーティングには、プロジェクトの実行委員と、太郎が集めた市外在住のサポーターが集《つど》った。

実行委員は、市役所職員の飛田《とびた》をはじめ、商工会の青年部長、地元の三〇代の主婦が運営する「フローラルの会」の代表、遠間中学の生徒会長と副会長らが中心で、あんちゃんもその一人だった。

サポーターには、小野寺と大西の他に、東京の学生ボランティア組織のユニオンから、男女二人の大学生が招待されていた。男子学生の福島智史《ふくしまさとし》は、小野寺の教え子だった。

保守的で、地元の有力者の顔色ばかりを窺《うかが》ってきた市長が、よくこんな顔ぶれを許したものだ。

代表を務める鬼頭太郎が、「TM26」と銘打《めいう》ったプロジェクト発足までの経緯を説明していた。

「私の父をはじめ、地元の重鎮が、再起を決意した時に、まず、波春のアイデンティティを共有化しました。次に、ゼロからのスタートとなるこの機に、今までの懸案事項を洗い出して、それらを全部実現すると決めました」

太郎の発想を小野寺は評価した。東日本大震災の被災地でも、ごく限られた地域では、同様の取り組みが実現できたと聞いている。

「そして最後に、還暦以上は口を出すな！　と宣言しました。これは、今後も、徹底したいと思います」

「あのバカ。それは言うなと、釘刺《くぎさ》したのに」

隣に座っているあんちゃんがぼやき、「ほな、俺はお役御免やな」と言ってコロッケおじさんが立ち上がった。

「大西さん、違いますよ。これは、地元の人の話です。大西さんは、サポーターなのでお気になさらずに」

太郎が慌てて取りなすと、大西は笑って座り直した。

「これから、皆さんの忌憚《きたん》のないご意見を伺いながら、ＴＭ26の基本方針を詰めていきたいと考えておりますので、よろしくお願い致します」

3

「最初に威勢良くビッグプロジェクトをぶち上げるのは、ええかも知れんな。けど、いくら何でも、盛り込みすぎとちゃうやろか」

プロジェクト腹案なる文書を配付されると、大西が遠慮なく言った。

アニメ製作会社を誘致するアニメ・バレーの開設、三陸《さんりく》水産大学の設立、そして、フィルムコミッションまで太郎は提案していた。

「大西さん、それは自覚しています。結果的には一つしか実現できなくても、まずは大風呂敷を広げたいんです。なにしろ自由に使える予算が、五年間で二〇億円もあるんです」

また、あんちゃんの舌打ちが聞こえて、大西はため息をついた。

「五年間で二〇億円っていうけど、その程度のカネやったら、大したことやれへんで。特に、大学設立には、ゼロが一個足らん」

「そこは、アメリカ時代のクライアントなどにも声を掛けて、プロジェクト・ファイナンスを組みます。二〇億円を見せ金にして、レバレッジをかけようと思ってるんです」

大西は理解しているようだが、小野寺は金融用語がほとんど分からない。

「そういうカネの借り方は、お勧めできんなあ。身の丈《たけ》に合ったプランに絞《しぼ》り込むべきやと思うけどな。

復興計画は、背伸びをしたら絶対にあかん。カネのあるうちはええけど、カネが切れたら、途端に維持費で潰《つぶ》れるで」

「分かりました。じゃあ、その問題については明日、議論しましょう。僕の方で、対案を考えておきます」

今、ここにさつきがいたら、あのお兄ちゃんの高い鼻をへし折ってくれるのになあ。

このお兄ちゃんは、何でもお見通しのようやけど、物事は思ったようにはいかんものや。あのさつきですら、しょっちゅう壁にぶち当たっている。

彼女は、外部サポーターの責任者として、TOMA2026プロジェクトに関与している。今日も、この席にいるはずだったのだが、オープンを前に「ザウルス」でトラブルが続き、霞《かすみ》が関《せき》の関係省庁を回っている。

「小野寺先生にお願いがあります。被災地観光のプロジェクトを、地元の若手ボランティアの人たちと検討しています。今回の観光の起点は、第一小学校だと考えています。あそこには『まいど！ こわがりは最強！』と言って、『津波てんでんこ』を訴える壁画もある。その代表の仲山《なかやま》さんは、小野寺さんの教え子だと伺いました。そこで、仲山さんたちのアドバイザーになってもらえませんか」

仲山みなみは、東北《とうほく》大の二年生だったが、そのプロジェクトの責任者を買って出たと聞いている。また、松井奈緒美《まついなおみ》もメンバーの一人だ。二人とも、このミーティングに参加している。

「そんなことやったら、お安い御用やけど」

「俺は反対だな」

あんちゃんだった。

「おまえ、小野寺先生をメインから外して、自分の無茶なプランを押し切ろうとしているだろ」

「中井さん、考えすぎですよ。小野寺先生の体験とアドバイスは貴重ですから、お願いしてるんです」

「小野寺先生は、市がお呼びしたんだ。厄介《やっかい》払いする権利はおまえにはない」

「どうしちゃったんですか、中井さん。僕にそんな悪意がないのは、中井さんが、一番よくご存じじゃないですか」

「おまえ、一〇年かけて復興に心血を注いできた人の多くを、このプロジェクトから排除しただろう」

「それは、僕らがバトンを受け取って、代わりに頑張るためです」

「それを、ご本人たちにきちんと伝えたか？」

「それは、これから……」

「順番が違うって言ってんだよ！　まず、先輩たちにこれまでのご苦労に感謝してから、話を進めるのが筋だろうが」

「でも、市長が」

「他人《ひと》のせいにすんな！　俺は、おまえのその無神経な態度が問題だと言ってるんだ」

　これは、まずい展開やな。

「あの一つよろしいでしょうか」

　部屋に走る緊張感を破るように、智史が手を挙げている。

「僕には、この会議の趣旨が、もう一つ分かりません。プロジェクトの意義や概要の説明が中途半端で、ちょっと途方に暮れてるんですけど」

「そうでした。失礼しました。中井さん、あとでちゃんと説明しますので、話を一度、軌道に戻します。いいですか」

「おまえが議長なんだから、おまえが決めろ」

　太郎がプロジェクトの概要や役割、さらに今後の各年の目標などを説明すると、また、智志が質問した。

「戴《いただ》いた資料には、地元の声がありませんね」

「特にアンケート調査を行ったわけではありません。僕と、僕のブレイン、そして、復興振興課の方と、意見のすりあわせをしただけで」

「それって、問題ないんですか。ここにリストアップされている被災地観光とか、さすがにちょっとデリカシーないんじゃないかと思うんですが。防潮堤や健康診断なんかもそうでしたが、住民不在で行政が先走って、後々問題になるという事例があったかと思います」

「あの、それ、私も思います。他にも、地元の人間としては、必要と思えないプランがあります」

みなみが加勢した。

「小野寺ちゃんの教え子は、みな頼もしいな」

あんちゃんが、嬉しそうに呟いた。

4

長いミーティングを終えて、大西をホテルまで送った後、小野寺は、あんちゃんをティーラウンジに誘った。

「今日は、どないしたんや。えらいとんがってたな」

「あの『旋風機《せんぷうき》』野郎に、あきれ果てたんだよ」

「せんぷうき？　なんや、それ。太郎君のことか」

「そっ。俺が付けたあだ名だよ。家電の扇風器じゃないぞ。奴は旋風を巻き起こすばかりで、周りが迷惑するから」

　あんちゃんが付けるあだ名は、いつも絶妙にうまいな。

「遠間市の大切なプロジェクトを任されて張り切りすぎてるんやろう」

「いや、あれは太郎の悪い癖《くせ》なんだ。頭はいいし、行動力もある。人なつっこいから、人望もあるんだけど、すぐに調子に乗る」

　そうは言うが、太郎が父の後を継いで、地元の復興に注力したから、波春は生まれ変わった。今や、震災復興のシンボルとなった太郎は、『フォーブス』誌の「世界を変えるイノベーター一〇〇人」に選ばれ、復興庁や総務省の審議会のメンバーにも名を連ねる有名人だ。

「実際、成果も挙げてるわけやし、日本中から注目されてるねんから、気合が入るのも致し方ないんと違うか」

「で、ますます調子ぶっこいているわけ」

「あんちゃんは、太郎君が嫌いなんか？」

「嫌いになれたら、楽だよ。それなら、俺はあんなくそったれの会議の委員なんて辞めちまえるしさ」

　あんちゃんは、太郎の父親に、若い頃に世話になったのだという。

「やんちゃばっかりやってた頃の俺に、鬱屈《うっくつ》を晴らす方法を教えてくれた恩人なんだ。鬼頭のおやっさんは、昔気質《かたぎ》の網元でさあ、剛毅《ごうき》で懐《ふところ》の深い人だった。親父《おやじ》を亡くし、住む家も借金で奪われそうになった時、救いの手を差し伸べてくれた。

そして、親父さんの会社を立て直してみろ、きっとうまくいくぞって言って、後見人になってくれた」

高校を中退して家業を継ぎ、年上の従業員らに揉《も》まれながら、あんちゃんは会社の再興に成功する。そして、借りたカネを返そうと鬼頭を訪ねた。その時に、「カネはいいから、そのかわり遠間市内で、ドロップアウトした若者を、おまえの会社で雇《やと》ってやってくれないか」と頼まれたのだという。

「それが、今の『地元の御用聞き』に繋《つな》がるんだよ。太郎のことも、ちっちゃい頃からよく知っている。頭がいいだけではなく、正義感の強い子だったよ。だが、あいつは自分の正しさが絶対なんだ。自分と意見の異なる奴や、ルールを守れない奴がいると、許せない。その頑《かたく》なさが危《あや》うかった。おやっさんも、それについて、よく叱《しか》ってたんだ。

しかも、東京やアメリカのエリート集団の競争を勝ち抜いてきたせいか、波春に戻ってきた時は、さらに頑固な自信家になってやがった」

優秀な子にありがちな独りよがりか。

「そういうのって、いつか頭を打てば分かるもんじゃないのか」

「俺もそう思ってる。けどな、あいつは失敗しないんだよ。だから、周囲が疲弊《ひへい》する」

つまり、「できすぎ君」か。

「今回のプロジェクトの実行委員長就任についても、市長としては本当は指名したくなかったと思うぜ。何しろ、あいつは徹底した事なかれ主義者だからな。ところが、復興庁と総務省の審議委員に名を連ね、巨額のカネを取ってきた張本人だ。無視できなかった」

「なるほど。けど、あの調子やったら、いずれ問題起こすやろ」

「既に、市長とは何度も揉めてんだよ。で、次の市長選挙に出馬するという噂《うわさ》もある」

それは、ますます困ったもんだ。

「浜登《はまと》先生の出番かもな」

「浜登校長は、放っておけとおっしゃってる」

「太郎君は、俺のことも煙《けむ》たいみたいやな。だったら、なんで俺は呼ばれたんや」

「今日のミーティングに、市役所の復興振興課長の飛田ってのがいただろ。あいつが、浜登校長の教え子でな。市役所の良心とも言われている、できる奴なんだ。で、俺や小野寺ちゃんを委員に入れないと、太郎が暴走すると、市長に進言したわけさ」

「毒をもって毒を制する——とか？」

「うん、その通り」

むかつくけど、納得はした。

5

その日の夜、居酒屋「おつかれちゃん」で、実行委員会の懇親会が行われた。宴たけなわを迎えたタイミングで、あんちゃんが太郎に意見した。

「おまえ、ひとりよがりなんだよ。人にちゃんと伝えないと、トラブルの元になる」

「中井さん、ご心配なく。遠間市民の僕らが主導してやるんですから反対する人なんていません。それに、市民全員の意見が反映できるわけでもない。このプロジェクトは、コアメンバーとサポーターで遂行するのが成功の鍵《かぎ》だと思います」

「なんだと」

また不穏な空気になったので、止めに入ろうとしたら、浜登校長が小野寺の腕を摑んで首を横に振った。

「中井さんみたいに、いつもみんなで仲良くやってたら、何も進みませんよ。今日だって地域のいろんな代表を呼びましたけど、結局は具体的な意見なんて何ひとつ出なかったじゃないですか。僕は、ここにいる精鋭で、プロジェクトを進めようと思っています」

「そんなことしたら、必ず失敗するぞ」

「僕は、失敗しませんから」

「調子に乗んな。今度のプロジェクトは、波春みたいに、結束力の強い地域で一丸となってやるのとは、事情が違うんだ」

「分かってますよ。市長も面倒だし、知事だって嘴《くちばし》容れてくるでしょう。そのあたりは、飛田課長に頑張ってもらって、僕らは構想の実現に注力すればいいんです」

小野寺と同じ五二歳だという飛田は、始終ニコニコして滅多に意見を口にしない。今も、黙って頷《うなず》いている。

「飛田先輩、こんな勝手ばかり言わせちゃだめだよ」

「まあ、ここはお手並み拝見でしょう。ウチの市長に、堂々と挑む若者なんていませんからね」

「俺も、太郎ちゃんを応援したい。けどな、一つだけ言わせてもらうとな」

それまでずっと若い奈緒美やみなみと話していたコロッケおじさんが、参戦してきた。

「面倒な爺《じい》さんや、首長や業界団体を敵に回したらあかんで。あいつらがグルになったら、あんたのプロジェクトなんて一ひねりや。せやから、あんちゃんみたいなベテランのアドバイスは、聞いた方がええな」

「大西さん、ありがとうございます。その点は、肝《きも》に銘じてます」

「何言ってやがる。『還暦以上は口を出すな』なんてことは、長老自身が口にするように事を運べとあれほど言ったのに、おまえはいきなり宣言した。あれで『あいつは厄介者だ』ってレッテルが貼られたんだぞ」

「言いたい奴には、言わせておきましょうよ。結果が良ければ、お年寄りだって黙るでしょう」

「校長、そろそろガツンと言《ゆ》うてくださいよ」

小野寺は、浜登の耳元で囁いた。

「いやあ、何を言っても、あの意地っ張りは聞かないよ」

そう言って、浜登はホヤの刺身をつまんだ。

「奈緒美、おまえも太郎君のやり方に賛成か」

「太郎さんは、〝神〟っすからねえ。私のような一般人は、黙って付いていくしかないっしょ」

「智史は、どうや」

「そうですね。鬼頭さんの方針やプロジェクト案には、共感しています。でも、僕は先頭に立って突っ走るタイプじゃないんで、よく分からないんです。でもおそらく鬼頭さんは、最後はお一人でもやり抜く覚悟なんですよね」

「そのつもり。最後は、僕が頑張って結果を出すよ」

智志が苦笑いを浮かべて言った。

「強いリーダーがいて、その人が突っ走れば、必ず周りも一緒に頑張るって考え方は、とてもアメリカ的だと思うんです。でも、日本では通用しない気もします。僕らの団体なかでは、だいたいチームワークのバランスが崩れた時に、プロジェクトが壊れる傾向があるんで」

「まあ、期待しといてよ。で、福島君に、お願いがある。今回のプロジェクトは、外部の優秀な人材をどれだけ巻き込むかに掛かってるんだ。つまり、他所者《よそもの》に自分事だと思わせたい。だから、少数精鋭を集めて欲しい」

また、勝手なことを。

あんちゃんは、既に手酌《てじゃく》で酒をあおり、黙り込んでしまった。

6

翌朝、ホテルで朝食を食べていたところに、あんちゃんが姿を見せた。

「今日のミーティングは、中止になりそうだ」

「なんでや、急に」

「太郎が、漁協の組合長を辞めさせられた」

今朝、臨時の幹部会が開催され、賛成者多数で解任されたのだという。

「太郎の目に余る独断専行に、他の組合員が付いていけなくなったみたいだ」

太郎の父、大介の主導によって波春漁協は県内でもいち早く漁を再開、異例の早さで、再び各自が漁船を保有するに至る。父の後を継いだ太郎は、さらに新しい試みを取り入れ、観光事業でも成果を挙げた。ところが昨年、都会から後継者育成として、一〇人の未経験者を受け入れ、ベテラン漁師に預けた。

それが、徐々に漁師たちの負担となるのだが、太郎はそれを顧《かえり》みず、強引に続けた。

さらに特産の赤貝《あかがい》の漁獲高が上がらないからといって、太郎が組合長の独断として養殖に踏み切ったものだから、不満は爆発寸前だったらしい。

「自分が正しいと言い続けた結果だよ」

あんちゃんは顔をしかめて、小野寺の皿に残っていたベーコンをつまんだ。

「落ち込んでるんか、太郎君は？」

「まさか。激怒して、新しい漁協を作ると息巻いてるってよ。で、漁協の事務長から俺が呼び出された」

これから、波春に行くのだという。

「俺も一緒に行こか」

だから、ここに来たんだろうし。

「何の役にも立たへんと思うけどな」

「いや、助かるよ。俺の精神安定のために、いて欲しい」

二人であんちゃんのパジェロに乗り込んだ。

「それにしても、解任とは穏やかじゃないなあ」

「まあな。実は昨日、遠間市のプロジェクトで忙しくなるからと、太郎が目を掛けていた若い奴に組合長のポストを譲ると言ったんだ。それが決定打になった」

若手というのは、太郎が東京から連れてきた元外資系金融マンだという。

もちろん、漁はまったくの未経験者だ。そんな人物にトップが務まるわけがないのだが、組合の財務の立て直しのために抜擢《ばってき》すると言い出したらしい。

「復興事業の赤貝の養殖が、うまくいかねえらしくてさ。それで、負債が嵩《かさ》んできて、財務の立て直しが必要になった」

「その養殖って、太郎君が始めたことだろ」

「まあな。太郎に言わせれば、赤貝養殖プロジェクトの成果が挙がらない程度で、漁協の財務が不安定になる方が、問題らしいぜ」

「自分は常に正しい」という理屈から考えると、そうなるわけか……。

車がトンネルに入ると、オレンジ色のナトリウム灯が、あんちゃんの不機嫌な顔を照らした。

「それより、昨日から、ずっと感心してたんだけどさあ、福島君て、昔から、あんなに協調性を大事にする子だったっけ?」

父親が東京電力福島第一原子力発電所に勤務していた智志は、原発事故の影響で、遠間市に移住してきた。そのせいで、一部の児童から「ゲンパツ」と呼ばれていた。だが、それにめげず、原発のあり方を、学校内で議論しようとしたことがあった。

「最初は、もっと自己主張の強い子やったで。けど、自分が正しいと思ったことが、原発事故のせいで叩き潰されたやろ。そこで、保護者まで巻き込んで討論会を開いたけど、うまくいかなかったんや。打ちのめされた後の浜登校長の薫陶《くんとう》が素晴らしかった。それで、他人《ひと》の意見を聞くことの大切さを学んだんとちゃうやろか」

「小野寺ちゃんがいたのも、大きかったんじゃあねえの？」

「いや、あれは、浜登校長や同級生たちの力やな」

「太郎には、そういう先生や仲間がいなかったんだな」

「けど、お父さんは偉大な人やったんやろ」

「まあな。でも、中学から東京行っちまったからなあ。ちゃんと躾《しつ》けられなかったと後悔されてたよ」

　で、あんちゃんがお目付役に指名されたわけやな。

「元々、漁協の連中は、太郎の親父さんに恩義を感じてた。だから、太郎の勝手にも目をつぶってきたんだ。けど、太郎は周囲に対して感謝の気持ちが足りねえんだ。それと、どこかで地元の人間を見下してるんだと思うな。本人は隠しおおせていると思っているけど、バレているわけさ」

　痛いなあ。

「なあ、小野寺ちゃんだったら、どうする？」

「とにかく、漁協の人たちの話をじっくり聞けって言うかな。俺の経験から言って、ああいう子らは自己主張はするくせに、人の話を聞かへん場合が多い。聞く気がないんやな。それでは、信頼を損《そこ》なう。それと、やっぱり浜登校長を呼ぶべきやろ」

「電話はしたんだ。でも、校長は放っておきなさい、と言ってる」

「なんでや？」

「まだ、目が覚めていないからだって」

「なるほど。ほな、俺たちが行って何すんねん？」

「それは、俺が教えて欲しいよ」

車はトンネルを抜けて、波春の集落に入った。

あんちゃんは、まず、漁協に行くという。

地区の八割が津波被害に遭《あ》ったというだけに、家並みが真新しかった。画一的なプレハブと復興団地が並んでいるが、漁村の風景の中で、そこだけ浮いていた。

パジェロは、港に建つ真新しいコンクリート造り二階建ての建物の前で停まった。建物の二階の壁面に「はばる漁業協同組合」とスカイブルーの文字で書かれていた。

あんちゃんと小野寺が訪ねると、年配の男性が出迎えてくれた。事務長だという。

「太郎は？」

「上の部屋で荷物まとめてます」

それを聞いたあんちゃんが、階段を駆け上がって組合長と記された部屋に入った。小野寺も付いていく。


「あっ、中井さん、おはようございます。どうしたんですか」

「組合長を解任されたんだって？」

「みたいです。でも、ちょうど潮時だったんでよかったんですよ。あとは、みなさんに任せます」

「赤貝の養殖事業はどうすんだ？」

「さあ。新しい組合長が、決めるんじゃないですか」

話しながらも、太郎は片付けの手を止めない。

「片付けは一旦中断して、ここに座れ」

あんちゃんが、先にソファに腰を下ろすと、太郎は素直に従った。

「解任の理由は分かってるのか」

「何となく。僕のやり方が気に入らない組合員は一定数いましたから」

「そういう人たちと話し合わなかったのか」

「もちろんしましたよ。でも、まあ、単なる不平不満ですから、いちいち聞いていられません。ご存じのように、我が組合の方針は、〝ＯＮＥ　ＦＯＲ　ＡＬＬ、ＡＬＬ　ＦＯＲ　ＯＮＥ〟ですから。個人よりも地区と組合の復興のためにベストを尽くす。だから、個人的不平は聞きません」

いや、太郎君、さっきのスローガンの残り半分では、全員は一人のためにとあるで。

「その不満が、個人的な問題かどうか、聞いたんかな？」

我慢できなくなって小野寺が、口を開いた。

「聞くまでもありません。組合長に就任した直後、たっぷり時間を割《さ》いて、個別に話を聞いてるんです。でも、我《わ》が儘《まま》ばかりでした」

「せやから、もう聞かんでも、分かると？」

「そこまでは、言いませんが、最初のうちは、漁協を頼っていたのに、今や自分のことしか考えないような人たちの話を聞く必要は、ないと思いませんか」

「組合長という立場なら、聞かなあかんやろ」

「なるほど。じゃあ、僕には荷が重すぎますね。辞任して良かったです」

ああ言えば、こう言う君か、おまえは。

いきなりあんちゃんが、テーブルを叩いた。

「太郎、屁理屈ばっかり言うな。おまえは、自分を助けてくれた人に対しての感謝の気持ちとか、ねえのか」

「ありますよ。だから、精一杯、波春に尽くしてきました。お陰で、被災地の中でいち早く復興を遂《と》げたじゃないですか」

「太郎君、それは、メディアが勝手に言うてることやろ。それより、君は自分一人の力で、復興を成し遂げたと思い上がってへんか」

「そんなことは思っていませんよ。でも、僕が先頭に立って旗《はた》を振るのを、波春の人たちが支持してくれたから、上手《うま》くいったのは事実です。それもお役御免のようなので、去るんです」

　ドアをノックする音がして、老人と智志とみなみが入ってきた。

「あっ、叔父《おじ》さん」

「やあ、太郎。久しぶりだな。ちょっと、話があってね、ここまで連れてきてもらったんだ」

　太郎の父方の叔父、鬼頭治郎《じろう》だと紹介された。

「コロッケおじさんから、頼まれまして」

　智史によると、大西から連絡が入って、老人ホームにいる治郎を連れて、波春漁協まで行って欲しいと頼まれたそうだ。

「それで、何の御用ですか、叔父さん」

「組合長をクビになったと聞いたんでな」

「至らない甥《おい》で、申し訳ありません」

「至らなすぎだ」

本人は、謙遜《けんそん》して言ったのだろう。なのに叔父に追い討ちをかけられて絶句した。

「おまえが、組合長になった時に、俺が言ったことを覚えているか」

「組合長になれたのは、父さんに対するみんなの敬意からだって話でしょ。だから、時間をかけて、組合員の信頼を勝ち取れと」

治郎が頷いた。

「その通りに、頑張りましたし、結果も出しました。波春は被災地で一番復興に成功した地区として注目を浴びたじゃないですか」

「それはおまえ一人の力じゃないぞ。皆がおまえの提案に従ってくれたから、良い成果に繋がったんだ」

以前、浜登から言われたことがある。

かつて、日本という国は、才能のある者や突破力のある者が集団にいると、それを自分たちで担《かつ》ぎ上げ、苦難を切り開いてきた文化があった。だが、担がれた者が、それを自覚せずにいると、やがて、その集団は分裂するのだと。

今、太郎の叔父が話しているのは、そういうことだろう。

「アイデアはおまえが出したかも知れないが、行動したのは地区のみんなだ。普段は、漁のことしか頭にない連中が、おまえのために時間を割《さ》いたんだ。ならば、成果も地域全員のものだ」

「叔父さん、それは昭和の感覚ですよ。もうそういう時代じゃないよ。それに、僕は日本的なじめっとした関係って得意じゃないんです」

「じゃあ、日本から出て行きなさい」

治郎が静かに言い放った。さすがに、あんちゃんまでも驚いている。

「ここは、日本だ。昔からの地縁が強い波春は、極めて日本的かつ伝統的な結びつきと価値観で生きている。それに馴染《なじ》めないのならば、この地区から、いや日本から出て行ってくれ」

それまで、平静を装っていた太郎の顔が歪《ゆが》んだ。

「なんで、そんな酷《ひど》いことを言うんですか。僕は、アメリカで頑張ってキャリアを積んで、戻ってきたんですよ。そして、僕のアイデアと行動力のお陰で、ここまで来たんですよ。なのに、僕の居場所が、波春にないって言うんですか」

治郎は、黙って甥を見つめるだけで、答えなかった。

「太郎君、一つ教えて欲しいんやけど、君が成し遂げた復興って何や？」

「小野寺先生まで、そんな事を言うなんて。波春のまちをご覧になったらお分かりでしょう。津波で八割もの建物が破壊され、遠間市街とを繋ぐトンネルも崩落してしまった波春が、生まれ変わったじゃないですか」

いかにもアメリカ仕込みのエリートの反論だった。

「あの、ちょっといいですか」

みなみが、手を挙げた。

「復興住宅は、遠間じゅうにたくさんあります。うちも、去年まで復興住宅に住んでいました。確かに震災直後は助かりました。でも、やっぱり遠間らしくないねっていう声が増えています。それは、一人暮らしのお年寄りたちの支援活動をしている私たちのボランティア団体が、実際に聞いた話です。でも、そういう声って、アンケートには反映されないと思います」

「贅沢を言うなよ。みんな体育館での暮らしを忘れたのか。仮設住宅の窮屈《きゅうくつ》さを思い出したらどうだ」

「忘れるわけないでしょ。少なくとも、そこで暮らしたことのない鬼頭さんに、言われたくありません！」

　生真面目でおとなしそうな、みなみの強さが表れた。

「あそこで耐えたのは、いつか元の暮らしを取り戻したいと願ったからです。でも、復興住宅では、それは満たされなかった。だから、私の両親は、必死で働きました」

　小野寺は、続けた。

「なあ、太郎君。確かに、波春は短期間で復興を成し遂げた。それは凄《すご》いし、それを牽引《けんいん》した君は英雄や。でもな、それは形としての復興に過ぎない。本当の復興って、もっとメンタルなもんやないかと、俺は思ってるんや」

　大西が腰痛を押してでも被災地に足を運んで、「焦るな、じっくり自分たちのまちを時間をかけて取り戻せ」と説《と》いて回る理由も、そこにある気がした。

「小野寺先生が、おっしゃりたいことは理解しています。でも、こんな贅沢な状態で暮らしているのに、波春の復興は押しつけられたもので、鬼頭太郎は恩着せがましい奴だなんて、そんなこと言う方が身勝手でしょう」

「誰が、そんなこと言ってんだよ。みんな、おまえに感謝してるじゃねえか。だが、俺は、それに胡座《あぐら》をかくなって言ってんだ」

　あんちゃんが、たしなめるように言った。

「太郎君は、そんなに褒《ほ》めて欲しいんか」

「小野寺さん、意味が分かりません」

「君は、自分の成果をすぐ口にするだろ。また、空気も読まんと攻撃的な発言をする。俺も空気は読めへん方やけど、君の場合、自信を剝《む》き出しにするよな。それって、幼いで」

「すみませんね、子どもで」

「そういう開き直りも止《や》めた方がいい。それに、自分が子どもだと自覚してるんやったら、リーダーになったらあかん。そんなリーダー、迷惑なだけや。俺は君のお父さんに会《お》うたことがないけど、きっと大きな人やったと思うな。だから、皆に慕《した》われた。お父さんは、自慢せんかったと思うな」

「まさしく小野寺先生のおっしゃるとおりの人物でした、兄は」

治郎の言葉に励《はげ》まされて、小野寺は続けた。

「太郎君は、遠間の未来を明るくしてくれると、みんな信じてるんやで。だから、承認欲求はちょっと我慢して、その分、どうやったら皆を気持ちよく巻き込めるかを考えたらどうやろ。

君には、『旋風機』ってあだ名があるそうやな。その旋風機の回転、反対回しにしてみ。つまり、自分が皆を吹き飛ばすんやのうて、皆を巻き込む台風の目になる。君はじっと動かず、静かにそこにいる。そういうのを、叔父さんも天国のお父さんも望んでいる気がするんやけど」

復興なんて、やればやるほど正解が分からなくなるもんや。

太郎君、だからこそ、やれることはたくさんあるんやで。

失敗こそ

二〇二一年四月一三日——。

「日災研」での勤務を終えた小野寺《おのでら》は、その後に必ず「激烈震災遺構館」に行く。そして、展示物の一つである倒壊家屋の前で過ごす。

本当は、自分が一番見たくないものなのに、気になって仕方ないのだ。意識の下に押し込んだ何かが蠢《うごめ》いている感覚と向き合うのが、今や毎日の習慣になっていた。

この数年はたとえ敬子《けいこ》や恵美《えみ》の夢を見たとしても、みんな明るく話していることが多い。時間が悲しみを癒《い》やすというのは、こういうことかと、分かった気にもなっていた。

ところが、初めてこれを見た時、意識下で何かが破裂した。

それが何なのか、小野寺には分からないのだが。

「お邪魔して、いいですか」

さつきが、隣に立っていた。

「おっ、まいど。どないしたんや」

「用がないと、ダメですか。一昨日《おととい》、私も先生の真似してみたんです」

さつきの自宅も、やはり、全壊している。そして、一階に寝ていた祖母が犠牲になった。

「被災地の風景なんて、私はあちこちで見過ぎるほど見ているのに、〝神戸のもの〟は何か違うみたい。大丈夫、もう昔のこと。私は充分立ち直っているって思うのに、涙が止まらなくなっちゃうんです。すごくちぐはぐな感じ。でもようやく分かったんです。あの時に感じたいろんな感情は、生々しいまま凍結しちゃった気がします。だから、あの時を思い出させるきっかけがあれば、すぐに感情が解凍されて溢《あふ》れ出しちゃう。自分の意思とは関係なく泣いたり気分が悪くなったりするのは、そういうことなんだと思います」

その感覚は小野寺にも理解できた。

「先生、あの日、私たち神戸《こうべ》の人間は人生がゼロになりましたよね。それまで積み重ねてきたものが、唐突に失われるって、本当に残酷。そんなの、簡単に折り合えるはずがない」

「確かに、俺たちの人生は、一旦、強制終了されたのかも知れん」

「リスタートせざるを得なかった悔しさと共に、ずっとずっと忘れられない光景がある……」

「四半世紀も前の出来事やから、普段はほとんど忘れてるねんけどな。ここに来ると、時が戻るんや」

「私たちのグラウンドゼロみたいなものですからね」

以前、遠間《とおま》市で、津波で娘を失った母親が、震災遺構の前に立つと娘を感じると言っていた。あの時は、理屈としては理解したのだが、感覚としては分からなかった。でも今はなんとなく分かる。

「遠間で震災遺構が問題になった時、答えが難しいなあって思ったんや。でも、今は人生を無理矢理にリセットさせられた場所は、残しとかなあかんなって、考えるようになった」

「先生、この家の説明文、読みました？」

さつきが、小野寺から離れ、解説が書かれたプレートに近づいた。

「阪神・淡路大震災では、住宅の下敷きになる圧死が圧倒的に多かった。その原因について、震災直後は、『台風対策に重い瓦《かわら》を使ったことで、被害が大きくなった』という誤った報道がなされた。

だが、本当の原因は、主に柱と梁《はり》で組む木造軸組構法《もくぞうじくぐみ》に頼りすぎたことが原因とされる。建築基準法では、縦（柱）と横（梁）に加え、筋交《すじか》いを組み込むことを義務づけているのだが、それが不十分だった木造住宅の多くで、圧死者を生んだ」

震災直後、瓦屋がバッシングされたのを、早野《はやの》ら都市計画や建築学の学者が、そうではないと訴えたのだが、今でも、「重い瓦は危険」と思い込んでいる人がいる。

「私たちが伝えなきゃいけないのは、失敗の記録じゃないでしょうか。復興に向けて、こんなに頑張ったっていうことを伝えるのも大事だけど、少なくとも私たちは、失敗の記録を、もっとしっかりと伝え、間違った思い込みを潰すべきだなって、思い始めてるんです」

「そうかも知れん。遠間での日々も、いろんな失敗の連続やったもんなあ」

それは小野寺だけではない。あんちゃんもまどか先生も遠間の役所も、その時は良かれと思う一心でやったことでも、あとで反省することはいくらでもある。

「私、一つアイデアがあるんですけど、それは、先生にやってもらわなくちゃいけないんです。先生、また、大忙しになるけど、いいですか」

「ええよ。望むとこや」

*

謹告
今や、地球規模で巨大な災害が後を絶ちません。その度《たび》に、多くの尊《とうと》い命が犠牲になり、あたりまえの生活ができなくなってしまった人で溢れています。

今日の食事をどうしよう。

明日からどうやって生きよう。

医療は、育児は、介護は誰に頼ればいい。

聞きたいこと、知りたいことが、たくさんあるのに、誰に問えばいいかが分からない。助けたいと思っても、知識がない。

そんな方に、有益なアドバイスできるのは、似たような経験をした人――被災経験者ではないでしょうか。

そして、より良いアドバイスを伝えるためには、「失敗した記録」を残すことも大切だと私達は考えます。

「わがんね新聞」オンラインは、「これだけはやらない方がいい」という「失敗談」を後世に伝えたいと思います。

失敗は成功の元とも言います。

多くの失敗を記録し、語り継ぐことで、同じ過《あやま》ちを繰り返さない。あるいは、失敗しても、深傷《ふかで》を負わない。そのために、あなたのとっておきの失敗、募《つの》ります。

「わがんね新聞」オンライン編集長

小野寺徹平《てっぺい》

本作品は、阪神・淡路大震災と東日本大震災で起きた事実を踏まえてはいますが、作品の登場人物や団体、そして出来事は、全てフィクションです。

両震災で亡くなられた方のご冥福をお祈り致します。

また、被災された全ての方に心からお見舞い申し上げます。

謝辞

小説の執筆・刊行にあたり、多くの方々からご助力を戴きました。深く感謝いたしております。お世話になった皆様とのご縁をご紹介したかったのですが、敢《あ》えてお名前だけを列挙いたします。

また、ご協力戴きながら、名前を記すと差し障《さわ》る方からも、厚いご支援を戴きました。ありがとうございました。

加藤寛、室﨑益輝、伊東正和、市川英恵、金盃森井本店
阿部喜英、末祐介、厨勝義、小松理虔
高尾具成、西岡研介、松本創、古川美穂
東條充敏、岩﨑大輔、野田淳平、家坂徳二
金澤裕美、柳田京子、花田みちの、捨田利澪

渋谷敦志

【順不同・敬称略】

二〇二三年一月

【主要参考文献一覧】（順不同）

『東北ショック・ドクトリン』　古川美穂著　岩波書店
『22歳が見た、聞いた、考えた「被災者のニーズ」と「居住の権利」借上復興住宅・問題』　市川英恵著
兵庫県震災復興研究センター編　クリエイツかもがわ
『住むこと　生きること　追い出すこと　9人に聞く借上復興住宅』　市川英恵著　兵庫県震災復興研究センター編　クリエイツかもがわ
『阪神大震災　2000日の記録』　阪神大震災を記録しつづける会編　阪神大震災を記録しつづける会
『BE　KOBE　震災から20年、できたこと、できなかったこと』　BE　KOBEプロジェクト編　ポプラ社
『新復興論』　小松理虔著　ゲンロン

※右記に加え、政府刊行物やHP、新聞各紙や週刊誌などの記事も参考にした。

解説　震災を忘れてもいい。でも、いのちを守る備えを忘れるな。

写真家　渋谷敦志《しぶやあつし》

「震災のことも福島のことも忘れてもらっていい。教訓さえ伝わるのだったら」と繰り返し語り、家族を守れなかった自責の念にさいなまれながら、全てが流された故郷で今も後世のために自らの後悔を伝え続けている人がいる。

福島県南相馬《みなみそうま》市の萱浜《かいばま》に住む農家、上野敬幸《うえのたかゆき》さん（49）。本作の主人公・小野寺徹平《おのでらてっぺい》のいう「俺のてんでんこ」を地で行く人だ。

〈てんでんこ〉とは、「てんでばらばら」に由来する三陸《さんりく》地方の方言で、大きな地震が起きた時は津波が襲ってくる、だから周りに構わず、一人で高い場所に逃げるか、海から一秒でも早く離れろという言い伝えのことだ。

本作は、端的に言えば、真山《まやま》流「俺のてんでんこ」なのだが、「こういう時はこう行動しよう」という誰でも分かる防災教育的な教えは、本文のどこにも記《しる》されていない。全体に通底してあるのは、「では、あなたは震災から何を学びましたか?」「これからあなたはいのちを守るためのどんな行動をしますか?」という問いばかり。でも、それこそが真山さんのメッセージで、「自分のいのちは自分で守る」という教訓をなんとしても自分ごとにしてほしい、という切なる願いが散りばめられている、と私は受けとめた。

その上で主題である「震災の教訓をどう伝えるか」について、写真家としての経験から解説を加える役目が与えられたわけだが、震災を経験もしていない私が何かを語れるわけがないし、語るべきでもない。それでも引き受けたのは、私自身は教訓について語れなくても、震災直後からファインダー越しに向き合ってきた上野さんのことなら語れると直感したからだ。

「地獄」を経験した者でなければ語れない本気の言葉を上野さんは持っている。ありきたりな防災情報とは違う、尊《とうと》いいのちの犠牲のもとに思い知らされた教訓。それを身を切るように伝えている上野さんのことを書くことで、震災の記録としての価値を付加するとともに、本作の熱量をさらに高めることに役立てればと思う。

震災から一年を前にした二〇一二年三月十日。私は南相馬市原町《はらまち》区の萱浜の海辺にいた。「あのへんで上野さんに最初に会ったんだよなぁ」としみじみしながら、色彩を失った萱浜を見渡していた。震災から一年目の三月十一日は上野敬幸さんといようと決めていた。家族の一周忌に葬儀を行うと上野さんから連絡をもらい、式の参列の前に海辺に立ち寄ったのだった。

海に面する萱浜地区は津波で壊滅的な被害を受けたが、上野さんの自宅は津波が貫通したものの流出は免《まぬが》れた。無残《むざん》な姿になった家屋の玄関には、上野さんの父親の喜久蔵《きくぞう》さんと母親の順子《じゅんこ》さん、当時八歳だった娘の永吏可《えりか》ちゃんと三歳だった息子の倖太郎《こうたろう》くんの写真が立てかけてあった。萱浜に来ると、まずはそこでお線香をあげ、「またお邪魔しています、すいません」と手を合わせる。どこか贖罪《しょくざい》に似た思いを胸に、カメラを手にするのだった。

葬儀は亡き家族との最後の対面も出棺もないものだった。遺骨となって帰ってきたのは母親と娘だけ。父親と息子は行方不明のままだった。

「永吏可には3学期が終わって成績が上がったらニンテンドーDSを買ってやる約束をしてたけど、買ってやれなかった。倖太郎には、幼稚園の制服にすら腕を通させてやれなかった。助けてあげたかった。父親として自分の力不足です」

喪主として、嗚咽《おえつ》しながら言葉を絞り出す上野さんの姿を、潤《うる》む両目でしかと見つめながら、自分の不甲斐《ふがい》なさをかみしめていた。

「震災のこと、被災地のことを、忘れないでほしい」

機会があるごとにそう訴えてきた。だが、はたして自分自身、忘れる以前に何をわかっていたというのか。生まれ育った故郷が津波に跡形《あとかた》もなく流された悔しさを。子どものいのちを守れなかったという自責の苦しみを。家族と過ごした過去も、過ごすはずだった未来も奪われてしまった悲しみを。

わかるはずがない。それでも、この人のことだけは伝えなければという思いに突き動かされ、何度も萱浜に立ち返り、打ち震えるカメラを差し向け、〝あなたのことが知りたい〟と心の扉をノックした。

二〇一一年三月十一日。地震発生直後、農協に勤務していた上野さんは職場の車で自宅に戻った。そして両親と息子の無事を確認した後、上野さんは再び職場に引き返した。職場のテレビでどこかの津波の映像を見たが、萱浜にそんな津波が来るという感覚はなかった。両親は息子と小学校に避難するといっていたし、娘は小学校に残っているものと考えていたので心配していなかった。それよりも、地元消防団の一員として避難し遅れた人がいないか確かめないといけないと思い、海の方に車を走らせたところ、川からあふれる津波を目撃する。浸水した萱浜にはそれ以上踏み込めないまま、日暮れを迎えた。

「子どもたちの顔を見て安心したい」と上野さんは小学校に向かう。ところが、いるはずの家族はいなかった。病院に勤務していた妻・貴保《きほ》さんに事態を伝えた。貴保さんは地震発生直後、自宅に電話していた。一瞬つながったが、言葉にならない叫び声だけが聞こえて切れたという。

「大丈夫、なんとしても見つける」

妊娠中だった貴保さんを避難所に残し、夜、上野さんは萱浜に戻った。懐中電灯を片手にがれきを踏み分ける。捜索を妨《さまた》げるごとく強い余震が続く。なんとか自宅までたどり着き、子どもたちの名前を何度も叫んだが、暗闇に自分の声が響くだけだった。

翌朝、自宅傍《そば》で子ども三人を見つけた。隣家の兄弟だった。その後は歩けばすぐに顔見知りの誰かの亡骸《なきがら》が見つかるありさまだった。そんな極限状況の最中に、福島第一原発一号機が爆発する。「放射能なんかどうでもいい、いのちの方が大事」と上野さんは救助活動を続行。そしてついに、最愛の娘を見つける。冷たくなった娘の体を抱きかかえ、遺体安置所へ運んだのだった。

三月十四日、一号機に続いて三号機も爆発。残っていた仲間もいよいよ避難を決断する。そして上野さんはひとりになった。

「誰かが捜してやらないと、見つかる可能性はゼロになってしまう。生きている人間しかやれないことがある」。そう奮《ふる》い立たせてきた思いもじわじわ打ちのめされていく。「助けてほしい。心からそう思った。でもその時には誰もいなかった」

そんな日々を「地獄だった」と上野さんは後に口にしたが、「それでも俺は幸せだった」とも語った。

「永吏可を抱きしめることができたので。見つかって、火葬してもらうまで毎日顔を見に行くことができて。生きていれば嫌がられるチュウだってできた。だから、倖太郎も見つけて、抱きしめてやりたい。抱きしめて謝らないといけない。助けてあげられなかったことを。考えていたのはそれだけだったな、あの頃は」

震災から三週間余り、そんな頃に私は上野さんに出会った。原発事故で混沌としていた福島の現実を自分の目で確かめたい一心で、仙台《せんだい》から原発へと車を走らせた。国道六号線沿いの南相馬の病院を過ぎたあたりで、「萱浜」という標識が目に入った。この辺の浜はどうなっているんだろうとふと思って、左折して海の方へと進むと、ある地点から景色が一変した。

車を降りて周囲を見渡した。そこに来る前に取材した陸前高田《りくぜんたかた》の光景と重なり、唖然《あぜん》とした。原発事故と放射能のことで頭がいっぱいで、そこもまた津波に全てを流された場所であることに想像が及んでいなかったのだ。ただ違うのは、そこには誰もいなかったということだった。被災者も自衛隊もボランティアもいない無人の光景にカメラを向ける。「がれきを撮りに来たわけじゃないのに」と思いながらシャッターを切っていると、望遠レンズの中に小さな人影が見えた。勇気を振り絞って近づいた。

「何してるって？　見りゃわかるだろ。人を捜してんだよ」

部外者を一切拒絶するような剣幕《けんまく》だった。首から下げたカメラが人とのコミュニケーションを害する黒い塊《かたまり》でしかないと、この時ほど感じたことはなかった。ひとことわびて引き下がろうとした。その瞬間、「で、どっから来たの？　東京？」と男性が切り出してきた。それが上野さんだった。

お前は何者なんだ、と厳しく問い詰めるような眼に心が震えた。緊張で写真どころかメモも取れなかったが、あの射貫《いぬ》くような眼から逃げてはいけない、そう思って、金魚の糞《ふん》のようにつきまとった。

そして夕方、消防団員らが上野さんの自宅前に戻ってきた時、思いがけず上野さんから「俺たちの集合写真撮ってよ。俺の家の前で」と声をかけられた。「だから俺が真ん中だって」。こちらからの指示もないまま、座り込んだ上野さんを囲むように自然とスクラムができあがっていく。その様子を、震える指でシャッターを切った。何かが写った、そんな

(2011年４月５日：南相馬市原町区萱浜の上野さん自宅前で撮影)

手応えに私はまた身震いした。

こうして撮られた写真は結果的に、あの時あの場所で地獄を共に生きた男たちの唯一の記録となった。そして、その一枚の写真が縁となって、今も上野さんとのつながりが続いている。

二〇二二年十一月、上野さんに会いに萱浜を訪ねた。震災から十一年以上経った今、コロナ禍もあって震災がますます過去のものになっていくのが気がかりだというと、「何度もいってるけど、震災のことは忘れてもらっていいって。これからの人にとって大事なのはそこじゃないから。いのちを守るために自分はどう行動するか。その教訓だけを俺の後悔から学んでくれればそれでいい」と上野さんは言い放った。

大事な家族のいのちを守れなかった後悔。それこそが上野さんを突き動かしてきたものだ。

「俺は過去の災害から学ばなかった。学んでいれば違う行動ができたはずだが、災害は他人《ひと》ごとだった。だから大事な人のいのちを失った。俺みたいに泣かないために、みんなが災害を自分ごととして受け止めてくれれば違ってくるんだろうけど、災害のたびに『まさか』という言葉を聞いて、ここでの教訓が生かされなかったと思う。それが悔しい」

震災はいつか、どこかで必ずまた襲ってくる。それでも、誰もがそれを自分の身に降りかかる危機として備えるのは簡単ではない。私たちはどう身構えればいいのだろうか。

「まずは自分の大切な人のいのちを考えてみてほしい」と上野さんはいう。

「失われたら二度と戻らないのがいのち。災害はそれを奪うものだと想像して。それを守るにはどうすればいいかを、一度でいいから、家族で話し合ってほしい」

震災を忘れてもいい。でも、いのちを守る備えを忘れるな。

上野さんの言葉を、この稿を書きながら自らにあらためて投げかけている。

本書は、二〇二一年に小社より刊行された作品に、
著者が加筆修正したものです。

一〇〇字書評

切り取り線

購買動機（新聞、雑誌名を記入するか、あるいは○をつけてください）	
□（　　　　　　　　　　　　）の広告を見て	
□（　　　　　　　　　　　　）の書評を見て	
□ 知人のすすめで	□ タイトルに惹かれて
□ カバーが良かったから	□ 内容が面白そうだから
□ 好きな作家だから	□ 好きな分野の本だから

・最近、最も感銘を受けた作品名をお書き下さい

・あなたのお好きな作家名をお書き下さい

・その他、ご要望がありましたらお書き下さい

住所	〒				
氏名		職業		年齢	
Eメール	※携帯には配信できません	新刊情報等のメール配信を 希望する・しない			

この本の感想を、編集部までお寄せいただけたらありがたく存じます。今後の企画の参考にさせていただきます。Eメールでも結構です。

いただいた「一〇〇字書評」は、新聞・雑誌等に紹介させていただくことがあります。その場合はお礼として特製図書カードを差し上げます。

前ページの原稿用紙に書評をお書きの上、切り取り、左記までお送り下さい。宛先の住所は不要です。

なお、ご記入いただいたお名前、ご住所等は、書評紹介の事前了解、謝礼のお届けのためだけに利用し、そのほかの目的のために利用することはありません。

〒一〇一―八七〇一
祥伝社文庫編集長　清水寿明
電話　〇三（三二六五）二〇八〇

祥伝社ホームページの「ブックレビュー」からも、書き込めます。

www.shodensha.co.jp/bookreview

祥伝社文庫

それでも、陽《ひ》は昇《のぼ》る

令和 5 年 1 月 20 日　初版第 1 刷発行

著　者　真山《まやま》　仁《じん》
発行者　辻　浩明
発行所　祥伝社《しょうでんしゃ》
東京都千代田区神田神保町 3-3
〒 101-8701
電話　03（3265）2081（販売部）
電話　03（3265）2080（編集部）
電話　03（3265）3622（業務部）
www.shodensha.co.jp

印刷所　堀内印刷
製本所　ナショナル製本
カバーフォーマットデザイン　芥　陽子

Printed in Japan ©2023, Jin Mayama　ISBN978-4-396-34860-1 C0193
JASRAC出2209734-201

祥伝社文庫の好評既刊

垣谷美雨　子育てはもう卒業します

就職、結婚、出産、嫁姑問題、子供の進路……ずっと誰かのために生きてきた女性たちの新たな出発を描く物語。

垣谷美雨　農ガール、農ライフ

職なし、家なし、彼氏なし――。どん底女、農業始めました。一歩踏み出す勇気をくれる、再出発応援小説！

垣谷美雨　定年オヤジ改造計画

鈍感すぎる男たち。変わらなきゃ、長い老後に居場所なし！　長寿時代を生き抜くための〝定年小説〟新バイブル！

柴田哲孝　下山事件　暗殺者たちの夏

昭和史最大の謎「下山事件」。「小説」という形で、ノンフィクションでは書けなかった〝真相〟に迫った衝撃作！

柴田哲孝　Ｍの暗号

推定総額30兆円。戦後、軍から消えた莫大な資産〈Ｍ資金〉の謎。奇妙な暗号文から〈獅子〉が守りし金塊を探せ！

柴田哲孝　ＫＡＰＰＡ

何かが、いる……。河童伝説の残る牛久沼で、釣り人の惨殺死体が発見された。はたして犯人は河童なのか⁉

祥伝社文庫の好評既刊

伊坂幸太郎
陽気なギャングが地球を回す
史上最強の天才強盗四人組大奮戦！　映画化され話題を呼んだロマンチック・エンターテインメント。

伊坂幸太郎
陽気なギャングの日常と襲撃
華麗な銀行襲撃の裏に、なぜか「社長令嬢誘拐」が連鎖――天才強盗四人組が巻き込まれた四つの奇妙な事件。

伊坂幸太郎
陽気なギャングは三つ数えろ
天才スリ・久遠はハイエナ記者火尻にその正体を気づかれてしまう。天才強盗四人組に最凶最悪のピンチ！

柚月裕子
パレートの誤算
ベテランケースワーカーの山川《やまかわ》が殺された。被害者の素顔と不正受給の疑惑に、新人職員・牧野《まきの》聡美《さとみ》が迫る！

安達　瑶
内閣裏官房
忖度、揉み消し、尻拭い――超法規措置でニッポンの膿を処理する。陸自出身の武闘派女子が秘密組織で大暴れ！

数多久遠
黎明の笛　陸自特殊部隊「竹島」奪還
情報を武器とするハイスピードな頭脳戦！　元幹部自衛官の著者が放つ、衝撃の超リアル軍事サスペンス。